리턴 레이드 헌터

FUSION FANTASTIC STORY

인기영 장편소설

Return Raid Hunter

리턴 레이드 헌터 4

인기영 장편소설

초판 1쇄 찍은 날 § 2015년 12월 11일
초판 1쇄 펴낸 날 § 2015년 12월 18일

지은이 § 인기영
펴낸이 § 서경석

편집책임 § 이창진

펴낸곳 § 도서출판 청어람
등록번호 § 제387-1999-000006호
등록일자 § 1999. 5. 31
어람번호 § 제1-2312호

주소 § 경기도 부천시 원미구 부일로 483번길 40 서경B/D 3F (우) 14640
전화 § 032-656-4452 팩스 § 032-656-4453
http://www.chungeoram.com
E-mail § chungeorambook@daum.net

ISBN 979-11-04-90556-8 04810
ISBN 979-11-04-90450-9 (세트)

FUSION FANTASTIC STORY
인기영 장편소설

4

리턴 레이드 헌터

Return Raid Hunter

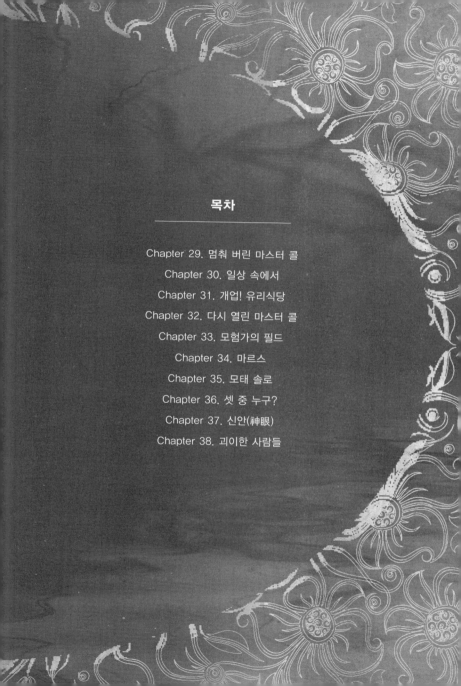

목차

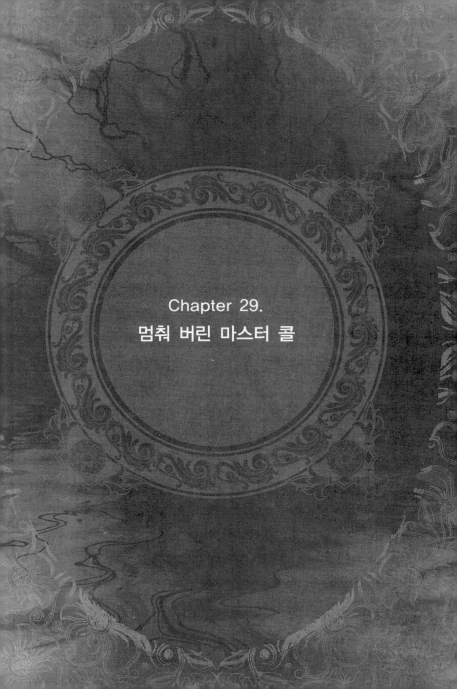

Chapter 29.
멈춰 버린 마스터 콜

전율은 사위를 짓누르는 위압감에 손가락 하나 까딱할 수 없었다.

숨 쉬는 것조차 힘들었다.

그만큼 데모니아의 위압감은 어마어마했다.

하지만.

"너는 어느 행성 사람이니?"

여기서 데모니아를 제압하면.

"어디~ 기억을 좀 읽어볼까?"

모든 것이 끝난다!

전율이 주먹을 말아 쥐고 위압의 기운을 전개했다.

"응? 어머, 재미있는 걸 사용하네?"

데모니아는 위압에 노출되었음에도 별다른 반응을 보이지 않았다.

그 정도의 기운은 데모니아에게 아무런 자극도 줄 수 없었다.

전율도 상황이 이렇게 되리라는 걸 어느 정도는 예상했었다.

그가 기운을 거두어들이고 소환수들을 불러냈다.

"소환, 육미호, 디오란!"

전율의 이마에서 흘러나온 빛 덩어리 두 개가 육미호와 디오란의 모습으로 변했다.

"타이틀 사용! 바루안의 전인!"

전율이 처음으로 타이틀을 사용했다.

그러자 그의 앞에 작은 창과 함께 글귀가 떠올랐다.

[원하시는 능력을 선택해 주세요.]
—바루안 소환(5회 제한)
—바루안의 능력 전이(재생)

전율은 바루안의 능력 전이를 터치했다.

그러자 창에 적힌 글이 바뀌었다.

[타이틀이 활성화됩니다. 바루안의 능력이 전이되었습니다. 타이틀을 착용할 때마다 바루안의 능력을 사용할 수 있습니다.]

창은 곧 사라졌고, 전율의 오른쪽 뺨에 날카로운 송곳니 모양의 문신이 나타났다. 그것은 바루안의 송곳니였다.

데모니아는 소환수가 나타나고 전율이 타이틀을 사용하는 걸 여유롭게 지켜봤다.

"그게 끝? 더 할 게 있으면 해봐."

"데이드릭!"

[너의 부름이 깊은 심연에 닿았다.]

전율의 몸에서 검은 연기가 솟구쳤다. 그것은 전율의 양팔을 휘감아 묵빛 갑주가 되었다.

[육신의 모든 능력이 4배 증가합니다. 전율 님께서 받는 물리, 마법 대미지가 30% 감소합니다. 모든 속성의 내성이 40% 증가합니다. 마갑 데이드릭이 흡혈을 시작했습니다. 버틸 수 있는 시간은 최대 12분입니다.]

마더가 말했다.

전율은 그가 할 수 있는 만반의 준비를 갖췄다.

굳게 움켜 쥔 전율의 두 주먹에 파란색 오러가 어렸다.

"다 했으면 이리 와."

데모니아가 다가오던 걸음을 멈추고서 전율에게 손짓했다.

그녀의 도발에 전율은 계속해서 자신을 짓누르던 압박을 뿌리치고 신형을 날렸다.

타탁!

전율과 데모니아 사이의 거리는 순식간에 좁혀졌다.

"으아압!"

전율이 평소답지 않게 기합을 넣으며 오러 피스트를 내질렀다.

주먹은 정확히 데모니아의 얼굴을 가격했다.

콰아아앙!

분명히 타격감이 전해졌고, 엄청난 굉음이 터졌다.

하지만, 데모니아는 멀쩡했다.

주먹은 그녀의 코앞에서 멈춰 있었다.

전율이 때린 건 데모니아의 얼굴이 아니라 정체를 알 수 없는 무형의 막이었다.

"오러 피스톨!"

전율이 반대쪽 주먹을 질러 넣으며 오러 피스톨을 시전했다.

콰아아앙!

이번에도 주먹은 무형의 막에 막혔으나, 그 순간 엄청난 폭발을 일으키며 터져 나갔다.

전율은 오러 피스톨의 충격파가 데모니아에게 타격을 줄 것이라 생각했다.

하지만 그 반대였다.

퍼어어엉!

"크헉!"

오러 피스톨의 충격파는 무형의 막을 조금도 뚫고 나가지 못했다.

오히려 그대로 되돌아와 전율을 덮쳤다.

전율은 전신에 묵직한 타격감을 느끼며 뒤로 주르륵 밀려났다.

"큭!"

온몸이 욱신거렸다.

데모니아는 그런 전율을 보며 서늘하게 미소 지었다.

"그게 끝?"

"육미호! 디오란! 공격해!"

전율의 명령에 상황을 지켜보기만 하던 소환수들이 움직였다.

"그녀는 강해요. 전력을 다해도 제압할 순 없을 거예요. 하지만 최선을 다해 상대할게요."

디오란이 지금의 상황을 냉정하게 판단했다.

그런 디오란에게 육미호가 코웃음 쳤다.

"흥! 그렇게 약해 빠진 정신머리로 어쩌겠다는 거야? 우리 주인~ 내가 저 얄밉게 생긴 년 모가지를 부러뜨리고 올 테니까 기다려~!"

육미호의 말이 끝나는 순간, 디오란의 몸에서 위스프 백여 마리가 튀어나왔다.

디오란과 위스프들은 일제히 데모니아에게 번개를 퍼부었다.

번쩍! 콰르르르릉! 콰릉!

백여 줄기가 넘는 번개가 데모니아를 공격했다.

"삼켜라, 술식 영사탄."

육미호가 술식을 시전해 그림자 뱀을 불러냈다.

8미터가 넘는 그림자 뱀이, 허공으로 날아올라 데모니아에게 꽂히는 순간, 쏟아지는 번개가 쩍 갈라졌다.

디오란이 그림자 뱀의 경로를 열어준 것이다.

와그작!

그림자 뱀이 데모니아의 몸을 그대로 집어삼켜 씹었다.

콰르르릉!

그 와중에도 번개는 쉬지 않고 몰아쳤다.

"뇌전의 창! 뇌전의 창!"

전율도 단일 파괴력으로는 가장 강력한 뇌전 마법을 시전
했다.

쐐애애애액! 퍼억!

뇌전의 창 두 개가 데모니아에게 날아가 폭발했다.

그림자 뱀은 쉬지 않고 턱을 움직여 데모니아를 씹고 있었
다.

아그작. 아그작.

그런데.

와작.

갑자기 그림자 뱀의 입이 구겨지더니.

쩌저저적! 쩍!

갈기갈기 금이 갔고.

쫘아아아악!

그대로 뜯겨 나갔다.

떨어져 나간 그림자 뱀의 턱 사이로 데모니아의 모습이 드
러났다.

그녀는 거짓말처럼 너무나도 멀쩡했다.

게다가 아무것도 하고 있지 않았다.

그저 팔장을 낀 채 교만한 미소를 짓고 서 있을 뿐이었다.

그럼에도 그림자 뱀의 턱은 완전히 뜯겨 나갔고, 이어 육중

한 몸이 종이처럼 구겨졌다.

와자작! 와작!

얼마 지나지 않아, 그 몸도 턱처럼 갈가리 찢겨 나갔다.

쫘아아악! 쫘작!

그림자 뱀이 검은 피를 뚝뚝 흘리며 산산조각 났다.

한순간에 죽임을 당한 그림자 뱀은 다시 육미호의 그림자
로 돌아왔다.

"번개… 참 시끄러워, 그렇지?"

데모니아가 나른하게 말했다.

순간 그녀의 앞에서 검은빛 구슬이 나타났다.

허공에 두둥실 떠 있던 검은 구슬은 한 줄기 광선을 쏘아
냈다.

검은 광선은 음속의 속도로 날아가 디오란의 몸을 그대로
꿰뚫었다.

퍽!

"……!"

"디오란!"

전율이 소리쳤다.

피하고 자시고 할 시간도 없었다.

눈 한 번 깜빡하는 순간 디오란의 몸엔 커다란 바람구멍이
뚫렸다.

"…죄송해요. 전율 님께 도움이 되지 못했어요. 전 전투 불능이 되어 다시 봉인됩니다."

치명상을 입은 디오란은 더 이상 현실에 남을 수 없었다. 결국 빛으로 화해 전율의 정신 속에 봉인되었다.

"뭐야… 고작 그 정도로 사라져? 완전 약골이네, 디오란."

육미호가 비아냥거리며 말했다.

그녀가 서릿발 어린 시선으로 데모니아를 노려봤다.

"그러니까 주제를 알고 나대야지. 내가 저 개 같은 년 찢어 죽일 테니까 쉬고 있어, 디오란."

육미호의 표정은 지금껏 전율이 봐왔던 것 중 가장 사나웠다.

그녀가 끓어오르는 분노를 주체하지 못하고서 데모니아에게 다가갔다.

"너도 혼나야겠네?"

데모니아의 말에 검은 구슬에서 다시 한 번 광선이 쏘아졌다.

하지만 육미호는 술식으로 공간이동을 해, 데모니아의 뒤를 잡았다.

육미호의 날카로운 손톱이 데모니아의 등을 찌르려 했다.

그러나.

깡!

전율처럼 무형의 벽에 막혀 튕겨 나갈 뿐이었다.

"위를 조심하렴."

데모니아가 뒤를 힐끗 돌아보며 말했다.

육미호가 놀라 고개를 들어 올렸다.

거기엔 검은 구슬이 떠 있었다.

번쩍!

음속으로 쏘아진 광선이 육미호의 몸을 꿰뚫었다.

"꺄아아악!"

육미호는 고통에 찬 비명과 함께 빛이 되어 전율의 정신으로 봉인되었다.

데모니아가 전율에게 시선을 옮겼다.

"이제 더 부를 애들 없어?"

"까불지 마, 씨발!"

전율이 다시 데모니아에게 달려갔다.

그때였다.

스스스스스승.

데모니아의 앞에 검은 구슬이 스무 개나 나타났다.

"너는 다른 애들보다 좀 더 무섭게 혼나야겠다. 그렇지?"

데모니아가 말미에 키득거리며 웃었다.

그와 동시에 검은 구슬에서 일제히 광선이 쏘아졌다.

퍼퍼퍼퍼퍼퍼퍼퍽!

"아아아악!"

전율은 미처 광선을 피하지 못하고서 전부 다 얻어맞고 말았다.

그의 팔다리가 잘려 나갔고, 복부에 구멍이 뚫려 내장이 쏟아졌다.

그나마 다행인 건 목이 잘리지 않아, 즉사는 면했다는 것 정도였다.

아니, 이 지독한 고통을 죽기 직전까지 느껴야 하니 다행이 아닐지도.

"끄아아… 으아아아!"

전율이 아픔을 참지 못하고서 비명을 질렀다.

'이게… 진짜란 말이야?'

믿을 수가 없었다.

인생을 다시 살게 된 이후 이토록 비참한 꼴이 된 건 처음이었다.

'나는 왜… 무엇 때문에 여기까지 달려왔지?'

전생에서 그는 무력한 죽음을 맞았고, 운 좋게도 과거로 회귀에 새로운 삶을 살게 되었다.

그것도 미라클 엠페러들의 힘을 모두 전승받은 채로 말이다.

그래서 다짐했다.

이번 생에서는 절대 전생에서처럼 무력한 죽음을 맞지 않겠다고.

기필코 강해져서 외계 종족의 침략으로부터 지구를, 자신의 가족을 지키겠다고!

그렇게 몇 번이고 피를 토하는 심정으로 각오했는데… 그런데 지금의 이 꼴은 그런 각오를 다 우습게 만들었다.

그가 마지막으로 상대해야 하는 데모니아는 강해도 너무 강했다.

그녀 앞에서 전율은 벌레만도 못한 존재였다.

데모니아의 몸에 손가락 하나 대지 못한 채 자신은 사지가 잘려 바닥을 나뒹굴어야 했다.

'고작 이 정도냐? 고작… 이 정도였어? 고작 이 정도밖에 안 되면서 외계 종족을 막아내겠다고? 하, 하하하… 하하하하하하!'

전율은 자신의 모습이 너무나도 초라하게 느껴졌다.

그 와중에 타이틀의 힘은 잘려 나간 전율의 육신을 빠르게 재생시켜 주고 있었다. 하지만 그럼 뭐하는가? 사지가 멀쩡해도 데모니아에겐 대적할 수 없었다.

그의 입에서 자조적인 웃음이 흘러나왔다.

"푸흐… 흐흐흐."

이를 본 데모니아가 전율에게 가까이 다가와 내려다보며 물었다.

"어머, 미친 거야?"

"흐흐흐. 흐흐흐흐……."

"정말 미쳤나 보네. 정신이 그렇게 약해서 어떡한담? 그냥 지금 숨을 끊어주는 게 낫겠어. 그렇지?"

전율이 웃던 걸 멈추고 데모니아를 노려봤다. 그리고 의지대로 잘 따라주지 않는 혀를 겨우 놀렸다.

"좆까, 쌍년아."

"어머, 그렇게 상스러운 욕을 하다니. 벌을 줘야겠네."

스승.

스무 개의 검은 구슬이 하나로 합쳐져 전율의 앞으로 다가왔다.

"잘 가."

검은 구슬에서 광선이 쏘아졌다.

전율은 이것이 자신의 마지막 순간이라 생각했다.

그래서 눈을 감지 않았다.

갈 때 가더라도 두 눈을 똑바로 뜨고 당당하게 죽음을 받아들이고 싶었다.

한데.

콰칭!

광선은 전율의 면전에서 알 수 없는 힘에 부딪혀 그대로 소멸되었다.

'뭐지?'

의아함을 느끼는 전율의 앞에서 환한 빛이 일었다.

빛이 사라지고 난 자리엔 데모니아와 똑같은 모습을 한 레모니아가 서 있었다.

그녀가 전율에게 미안한 표정으로 말했다.

"제가 그녀를 막지 못하는 바람에 전율 님께서 고통을 받았네요. 죄송해요."

레모니아가 손을 휙 휘두르자 그 궤적을 따라 오색찬란한 가루들이 흩뿌려졌다.

영롱하게 빛나는 가루들은 바람에 휘날리듯 전율에게 다가와 몸 곳곳에 내려앉았다.

이윽고 놀라운 일이 일어났다.

잘려 나가서 재생 중이던 전율의 사지가 금세 원상 복구되었고, 밖으로 흘러내렸던 창자가 뱃속으로 갈무리되더니, 복부에 가득했던 바람구멍도 모두 치료되었다.

그게 모두 짧은 순간에 벌어진 일이었다.

레모니아가 가볍게 손을 휘두른 것만으로 사경을 헤매던 전율이 완벽하게 치료되었다.

천천히 몸을 일으킨 전율이 레모니아와 데모니아를 번갈아 살폈다.

"한창 재미있던 와중이었는데."

"참 무례하네, 데모니아."

"말버릇이 왜 이럴까, 내 동생. 언니라고 불러야지?"

데모니아가 검지를 좌우로 흔들었다.

레모니아가 빙그레 미소 지으며 말했다.

"모가지 잘리고 싶지 않으면 당장 꺼져."

           *   *   *

갑자기 튀어나온 험악한 말에 데모니아가 당황했다는 제스
처를 과장되게 취했다.

"어머, 어쩜 언니한테 그런 심한 말을?"

"더한 것도 할 수 있는데."

스스스스승—

레모니아의 앞에 하얀 구슬이 무더기로 나타났다.

"해보자고?"

"여긴 내 영역이야. 너한테 훨씬 불리하지."

"영역 관리 좀 잘하지? 나, 너무 쉽게 침입한 거 같은데."

"그래서 지금부터 더 단단히 하려고. 일단 침입자부터 없애
버려야겠지?"

하얀 구슬에서 파직거리며 에너지 장이 일었다.

당장에라도 하얀 섬광이 데모니아에게 쏟아질 듯했다.

하지만 데모니아는 긴장하는 기색도 없이 피식 웃었다.

"이래서 네가 항상 나한테 당하는 거야. 약은 척하는데 너무 착해, 레모니아."

"괜한 소리로 속 긁으려고 해도 안 통할 텐데."

"과연 그럴까?"

데모니아가 주변을 슥 둘러봤다.

어차피 사위는 다 하얀 공간이라 볼 것도 없었다.

그럼에도 그녀는 무언가를 눈에 담고 있는 것 같았다.

"마스터 콜 말이야, 참 복잡하게 만들어놨더라. 들어가는 데 상당히 애먹었어."

"그리고 나한테 잡혔지."

"아니, 여기 말고, 중심부 말이야."

"…뭐?"

레모니아가 데모니아를 상대하면서 처음으로 당황스러움을 드러냈다.

"중심부에 들어갔다고?"

"응."

마스터 콜의 중심부 '디멘션 홀(Dimension Hall)'.

그곳엔 마스터 콜의 모든 것을 조종할 수 있는 시스템의 핵 '베스퍼(Vesper)'가 보관되어 있었다.

중요한 곳인 만큼 철통같은 보안에 경비도 삼엄했다.

마스터 콜의 관계자 중 디멘션 홀에 들어설 수 있는 사람은 오로지 레모니아밖에 없었다.

디멘션 홀은 총 10번의 본인 인증을 거쳐야 비로소 베스퍼가 있는 공간으로 들어설 수 있는 구조였다.

즉 디멘션 홀은 열 겹의 외벽으로 둘러싸여 있다는 말이다.

외벽 하나하나는 우주에게 가장 강한 물질인 '바세아테린'으로 만들어져 있었다.

만약 레모니아가 아닌 다른 사람이 이 외벽을 강제로 돌파하려 한다면 바세아테린을 뚫을 수 있는 괴력이 있어야 했다.

공간이동 같은 마법으로 외벽을 지나가는 것도 불가능했다.

열 개의 외벽엔 마법을 차단하는 마법진이 박혀 있었고, 혹여라도 마법진을 파훼해 들어왔을 경우를 대비해 온갖 마법 트랩(Trap)들이 설치되어 있었다.

마법 트랩은 발동되는 즉시, 알람 마법과 연동되어 레모니아에게 디멘션 홀에 침입자가 있음을 알려준다.

그런데 레모니아는 여태껏 아무런 알람도 듣지 못했다.

때문에 디멘션 홀에 접촉했다는 데모니아의 말이 사실이라는 걸 믿을 수가 없었다.

"거짓말로 날 현혹하려 들지 마."

"거짓말? 재미있네. 내가 중심부에 들어가지 못했다면… 어떻게 이 공간에 존재하던 문을 없앴을까?"

데모니아가 말하는 문은 전율의 앞에 존재했던 던전으로 향하는 문이었다.

'그러고 보니……'

데모니아를 상대하는 데만 정신이 팔려 있던 레모니아는 그제야 문이 사라졌다는 걸 알았다.

말인즉, 데모니아는 정말 중심부에 들어갔었다는 것이다.

하지만 대체 어떻게 그게 가능했던 건지 레모니아는 알 수 없었다.

"사실은 마스터 콜 자체를 파괴하고 싶었는데… 많이 컸더라, 레모니아? 내 힘으로도 그건 불가능했어. 안으로 진입하는 건 그다지 어렵지 않았는데 말이야. 중심부에 있던 시스템이 도통 내 말을 듣지 않더라고."

디멘션 홀에 안치된 마스터 콜의 모든 시스템을 관장하는 베스퍼는 뚜렷한 형태가 없는 존재다.

베스퍼는 손으로 만질 수 없지만 분명히 느낄 수 있고, 눈으로 볼 수 있는 빛의 기운으로 형성되어 있다.

그것은 레모니아와 대법관들, 그리고 세상의 내로라하는 마법사와 과학자들이 심혈을 기울여 만든 것으로 그 어떤 누구도 절대 파괴할 수 없는 생명체였다.

데모니아조차 베스퍼를 파괴하는 것은 불가능했다.

그래서 어쩔 수 없이 사고 회로를 조금 망가뜨려 놓는 것으로 물러나야 했다.

"너는 내가 중심부로 침입하는 걸 막지 못했고, 나는 마스터 콜의 핵을 완전히 파괴하지 못했으니 이걸로 비겼다고 보면 되겠네."

"어떻게… 디멘션 홀에 들어간 거야?"

데모니아가 검지로 입가를 콕 찍고서 대답했다.

"어떻게냐고 묻는다면… 그냥 네 실력이 나보다 한참 떨어져서 보호 시스템 자체가 허술했다고밖에 말 못 하겠는걸? 그런 주제에 핵은 참 잘 만들었어?"

말도 안 되는 소리다.

보호 시스템은 절대 허술하지 않았다.

이건 허술하고 안 하고의 문제가 아니었다.

레모니아는 인정할 수밖에 없었다.

데모니아, 그녀가 괴물인 것을.

"그래서 계속 해보겠다는 거야?"

"마음 같아서는 그러고 싶지만, 역시 네 영역에서는 힘을 많이 못쓰겠네. 벌써부터 진이 빠지는 것 같아."

"빨리 사라져."

"당장 공격 못 하는 걸 보니 전면전은 아직 자신 없는 거지, 내 동생?"

"이런 식으로 허무하게 널 죽이고 싶지 않을 뿐이야. 넌 네가 지은 죗값을 충분히 받아야 돼."

"어머나, 보잘것없는 내 목숨 더 부지할 수 있게 해줘서 영광이야. 나 감동받았어."

"쓸데없이 도발할 거라면 생각을 바꿀 수도 있어."

스스스스스스승―

레모니아의 앞에 있던 하얀 구슬의 수가 두 배로 늘어났다.

"갈 거야, 계집애야. 당분간은 마스터 콜 고치느라 진땀 좀 빼겠다? 그러니까 다음번에는 좀 더 튼튼하게 보호하라고. 나처럼 호기심 많은 사람들이 발도 못 들이게. 아, 그리고 거기운 좋은 애."

데모니아가 전율을 가리켰다.

전율은 죽일 듯한 시선으로 데모니아를 노려봤다.

그 처절한 살기를 느낀 데모니아의 입술 양끝이 옆으로 쫙 늘어났다.

"나한테 죽을 뻔 하고도 겁을 먹지 않아? 재미있네."

"닥쳐."

"새로 얻은 목숨, 소중하게 사용하렴. 설치고 다니다가 이 누나 또 만나게 되면 그땐 정말… 죽어."

"……!"

숨이 턱 막힐 듯 거대한 살의가 전율을 덮쳤다.

당장에라도 까무러칠 것 같았지만 전율은 꿋꿋이 버텼다.

그럴수록 데모니아의 살의는 더욱 강해졌다.

빠드드득!

전율은 순간 짜증이 확 치밀어 올랐다.

가슴 깊은 곳에서 울화가 터졌다.

데모니아 앞에서 아무것도 못 하는 자신의 입장이 너무 한심하고 초라했다.

그래서 더더욱 지기 싫었다.

그의 본능은 살고 싶으면 당장에라도 고개를 조아려 굴복하든가 도망치라 말하고 있었다.

하지만 전율은 본능을 짓눌러 죽이고서 눈을 부릅떴다.

있는 힘껏 쥔 주먹은 손톱이 살을 파고 들어가 피가 뚝뚝 떨어졌다.

'버텨?'

데모니아가 그런 전율을 흥미롭게 바라봤다.

그러면서 살의를 더더욱 강하게 만들었다.

하지만 전율은 지지 않고 맞서며 입을 열었다.

"개 같은 짓… 그만해라."

순간 거짓말처럼 살의가 전부 사라졌다.

"너, 정말 재미있어. 우리 언젠가 또 만날 것 같은 느낌이 드네? 그때까지 겨우 이어붙인 생명 잘 간직하고 있으렴. 네 목은 반드시 내가 가져갈 테니까."

데모니아는 전율에게 손 키스를 날리고서 신기루처럼 모습을 감췄다.

"하아아."

전율은 저도 모르게 한숨을 내쉬었다.

머리가 멍했고, 다리에 힘이 풀렸다.

비틀거리는 전율을 곁으로 다가온 레모니아가 부축해 주었다.

"괜찮아요?"

"네… 못난 꼴을 보였네요. 아무것도 못 하고… 그저 레모니아 님의 도움만 받았어요."

자책하는 전율에게 레모니아는 고개를 저어 보였다.

"아니에요. 데모니아의 살의를 받아내면서 그렇게까지 당당히 맞설 수 있는 사람은 몇 안 돼요. 전율 님은 정말 용감했어요."

"글쎄요… 잘 모르겠군요."

"진심이에요."

전율은 자신에게 마음을 써주는 레모니아가 고마웠다.

그래서 애써 웃음 지으며 고개를 끄덕였다.

"알겠어요. 그렇게 믿죠. 그나저나 이제 마스터 콜은 어떻게 되는 겁니까?"

데모니아가 마스터 콜의 핵심부를 건드렸고, 그로 인해 문제가 생겼다는 걸 오가는 대화로 충분히 파악한 전율이 걱정스레 물었다.

"글쎄요. 자세한 것은 디멘션 홀에 들어가서 베스퍼를 살펴봐야겠지요. 문제가 생겼다면 당분간 마스터 콜은 이용할 수 없을 거예요."

"얼마나 오랫동안 이용할 수 없는 건데요?"

"알 수 없어요. 마스터 콜의 재정비가 끝나는 대로 알려 드릴게요."

한시라도 빨리 강해지고 싶은 것이 사실 지금 전율의 심정이다.

이번에 데모니아의 절대적인 힘을 겪고 나니 강함에 대한 열망이 더더욱 커졌다.

이런 상황에서 마스터 콜을 이용할 수 없게 되다니, 전율은 조바심이 났다.

하지만 그것을 티내지는 않았다.

지금 전율보다 더욱 마음이 좋지 않은 것은 레모니아일 것이 당연했으니까.

그녀는 전율보다 그릇이 큰 사람이었다.

그녀가 혼신의 힘을 다해 만든 마스터 콜이 침략을 받아 회로가 엉망이 되었는데도 힘든 내색 한 번 없이 오히려 전율을 위로해 주었으니 말이다.

그래서 더더욱 그녀가 고마운 전율이었다.

"알겠습니다. 마스터 콜이 다시 안정화될 때까지 기다릴게요."

"고마워요, 이해해 줘서. 그나저나 참 재미있는 운명이라는 생각이 들어요."

"무엇이 말입니까?"

"나와 데모니아, 그리고 전율 님 사이의 연결 고리 같은 것이 보이기 시작했어요."

"연결 고리요?"

"전율 님은 전생에 외계 종족의 침입으로 생명을 잃고 천운의 기적으로 과거로 회귀할 수 있었죠. 그리고 마스터 콜을 받게 되었어요. 저는 그런 전율 님의 기억을 읽고 나서 마스터 콜을 발전시켰죠. 마스터 콜이 지금의 시스템을 구축하게 된 데에는 전율 님의 공이 커요. 한데 마스터 콜을 망가뜨린 데모니아는 그 수많은 모험자의 차원 중, 전율 님이 있는 차원에 나타나 버렸네요."

듣고 보니 그랬다.

데모니아가 마스터 콜에 침입한 그 시간에, 마스터 콜을 실행한 사람이 전 우주에 전율밖에 없을 리 만무했다.

그런데 데모니아는 하필이면 그 수많은 사람들 중 전율이 발을 들인 차원에 나타났다. 그 때문에 전율은 사경을 헤매는 경험을 해야만 했다.

마스터 콜을 업그레이드시키는 데 큰 도움을 줬던 이가 데모니아의 손에 죽을 뻔하다니, 참 얄궂은 운명이었다.

"인연이라는 것은 아무런 이유 없이 이어지지 않는 법이랍니다. 우리 자매와 전율 님 사이에도 필시 어떠한 이유가 있어 연을 맺게 된 것이겠죠."

"악연도 인연이라면… 그렇겠죠."

"악연도 인연이에요. 데모니아와 전율 님은 분명히 악연이구요."

전율이 살던 지구가 데모니아에 의해 파괴되었었다.

그리고 이번 생에서는 데모니아가 전율을 직접 죽이려 했다.

이보다 더한 악연이 어디 있겠는가?

"이제 돌아가셔야 할 때예요. 다른 모험자들도 갑작스러운 마스터 콜의 에러에 혼란스러워하고 있을 거예요. 저도 그들을 수습해야겠어요."

"그렇겠죠. 돌아가겠습니다."

"그 전에 전율 님께 선물을 하나 드릴게요."

"선물이요?"

레모니아가 손가락을 딱 튕겼다.

그러자 얇은 책 한 권이 나타났다.

레모니아는 그것을 전율에게 내밀었다.

"이게 뭡니까?"

전율이 받아 보니 책 표지에는 '마나 사이펀(Mana Siphon)'이라는 제목이 적혀 있었다.

물론 처음 보는 기이한 글자였지만, 저절로 해석되어 그렇게 받아들여졌다.

"마나 사이펀?"

"네. 마나 하트의 섭취가 없이도 마나를 증진시켜 주는 방법, 마나 사이펀에 대해 적힌 책이에요. 책을 읽는 것만으로 마나 사이펀을 실행할 수 있게 된답니다."

"……!"

그 말대로라면 정말이지 로또를 맞은 거나 다름없었다.

스토어에서 마나 하트를 구입하지 않아도 마나의 증진이 가능하다니?

전율이 벼락부자가 된 것 같은 얼굴로 책을 들여다보고 있자니 레모니아가 그의 귀에 대고 속삭였다.

"그 책, 스토어에서 무려 이천만 링이나 하는 거예요."

"이천만 링이요?"

"네."

"리얼라이즈 링이 백만 링인 걸로 알고 있는데······."

전율은 아이템의 가격 밸런스가 좀 맞지 않는 게 아닌가 싶었다.

"리얼라이즈 링은 11층 스토어에 들어서면 오백만 링 정도로 가격이 뛰어 있을걸요?"

"그래도 가격 밸런스가 좀."

"리얼라이즈 링은 타이틀의 힘을 현실에서 사용할 수 있게 해준다는 게 전부예요. 하지만 이 책을 읽고 마나 사이펀을 익히게 된다면 어떨까요? 마나 하트의 조각을 살 필요 없으니 계속해서 돈이 굳겠죠. 게다가 현실에서도 마나 사이펀을 실행할 수 있으니 마스터 콜에 불려 오지 않은 상황에서 계속 마나를 증진시킬 수 있을 테구요. 마나나 오러의 빠른 증진만큼 모험자들에게 크게 도움이 되는 건 없을 거예요."

"그렇긴 한데······."

여전히 전율의 입장에서는 가격의 밸런스가 잘 이해되지 않았다.

"전율 님은 너무 1차원적인 생각만 해서 그래요. 3차원으로 이루어진 공간에서 살아가는 이들의 특징이죠. 하지만 생각의 관점을 조금만 바꿔도 달리 보이는 것, 그리고 새롭게 느껴지는 게 많을 거예요."

"…알겠습니다. 선물 감사합니다."

전율은 마나 사이펀 책을 챙겼다.

"그럼 다음번 마스터 콜 때까지 열심히 강해지세요."

레모니아의 말을 끝으로 전율의 시야가 밝게 물들며 정신
이 아득해졌다.

그리고 다시 정신을 차렸을 땐, 그는 거실의 소파 위에 누
워 있었다.

한 손에는 레모니아에게 받은 책이 단단히 쥐어져 있었다.

전율은 몸을 일으켜 책의 첫 장을 천천히 넘겼다.

그의 눈이 책 안에 담긴 내용을 빠르게 읽어 내려가기 시작
했다.

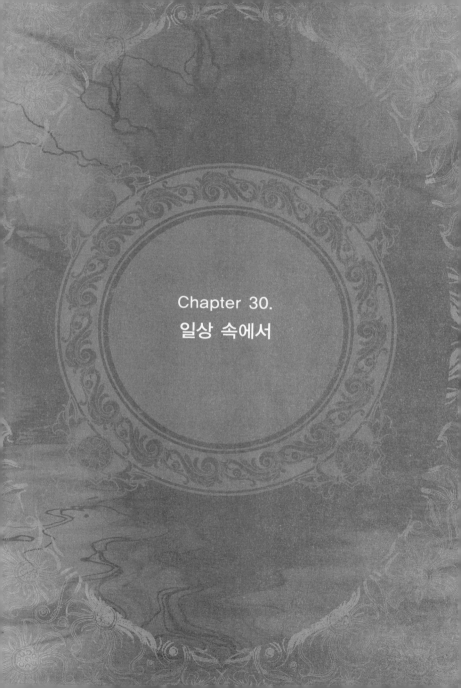

Chapter 30.
일상 속에서

Return Raid Hunter

[1장 마나 사이펀의 이해]

마나라는 것은 세상 모든 곳에 퍼져 있는 대자연의 기운이다.

마법사들은 이 마나의 기운을 몸 안으로 흡수해 성장한다.

마나 사이펀은 마법사가 마나를 흡수하는 그 행위 자체를 말한다. 이 책에서는 어떻게 해야 마나 사이펀을 실행할 수 있는지에 대해서 알려주려 한다.

첫째. 우선 선천적으로 마나의 기운을 느낄 수 있도록 타고나야 한다.

그게 불가능하다면 일찌감치 마법사가 되기를 포기하라.

둘째. 편안하게 앉아 눈을 감고 주변의 마나가 자신의 몸 안으로 들어온다고 끊임없이 이미지해라. 반복되는 이미지 학습은 결국 상상을 현실로 만들 것이다.

셋째. 마나가 몸 안으로 흡수되기 시작하면 마나의 기운을 처음부터 심장에 축적하려 들지 마라. 마나는 대자연의 맑은 기운이다. 따라서 탁한 장소에는 응집하려 들지 않는다. 인간의 육신은 살아가며 대부분 많이 탁해져 있다. 그 탁기를 세척하기 전에는 절대로 마나를 축적할 수 없다.

넷째. 탁기를 씻기 위해서는 몸에 흡수되기 시작한 마나로 육신의 구석구석을 닦는 마나 세척이 필요하다. 탁기가 있는 육신에 흡수된 마나는 어차피 축적되지 않으니 그것으로 열심히 세포 하나하나까지의 탁기를 닦아 배출시켜라.

다섯째. 마나 세척을 끝내고 몸이 깨끗해지면 비로소 마나를 축적해라. 흡수한 마나는 절로 육신의 가장 큰 생명에너지가 응집된 곳, 즉 심장에 축적된다.

여섯째. 마나는 앞서 말했듯이 대자연의 기운이다. 때문에 같은 시간에 좀 더 효율적으로 마나를 축적하고 싶다면 숲 속에서 마나 사이펀을 실행해라.

일곱째. 마나 사이펀은 하루 최대 세 시간 이상 실행할 수 없다. 무엇이든 과한 것은 부족함보다 못한 법이다. 마나 사이펀에 너무 깊이 심취할 경우, 영원히 무아지경(無我之境)의 현상에서 빠져나오지 못하는 상황이 종종 생긴다. 따라서 마나 사이펀은 하루에 세 시간을 초과할 시 강제 종료된다.

......

그것은 전율이 읽고 있는 책에 담긴 내용 중 일부였다.

전율은 마나 사이펀이 무엇인지를 구체적으로 이해하며 쉬지 않고 책을 읽어나갔다.

책은 그렇게 두껍지 않은 편인지라 십오 분이 다 지나기도 전에 완독할 수 있었다.

마지막 장을 덮으니 전율의 눈앞에 작은 창 하나가 떠올랐다.

[마나 사이펀에 대해 이해했습니다. 마나 사이펀을 습득했습니다. 언제든지 마나 사이펀을 실행할 수 있게 됐습니다.]

들고 있던 책은 메시지 창과 함께 거짓말처럼 사라졌다.

"마나 사이펀이라."

전율은 시간을 확인했다.

새벽 네 시.

"오늘은 조금 일찍 올라갈까?"

어차피 한 시간 후면 산으로 올라가 운동을 할 시간이다.

마나 사이펀은 숲에서 하는 게 가장 효과가 좋다고 했다.

그러니 앞으로는 운동과 마나 사이펀을 겸하는 게 좋을 것 같다는 생각이 들었다.

한 시간 덜 자고 일찍 산으로 올라 그 시간만큼 마나 사이펀에 투자하는 것이다.

과연 마나 사이펀으로 어느 정도의 마나를 흡수할 수 있을지 기대가 되는 전율이었다.

"나가자."

전율은 가볍게 세면을 하고 운동복 차림으로 집을 나섰다.

*　　　　*　　　　*

전율의 아침 운동은 산을 쉬지 않고 뛰어 올라가는 것부터 시작된다.

인적 드문 숲 속 공터에 도착하면 근력 운동을 한 시간 반에서 두 시간, 많을 때는 세 시간 동안 한다.

그다음엔 다시 산을 최대한 어려운 코스로 뛰어 내려오며 운동을 마무리했다.

오늘은 근력 운동을 끝낸 뒤, 마나 사이펀을 실행하는 순서가 추가되었다.

전율은 자리에 앉아 눈을 감았다.

그 상태로 최대한 심신을 편하게 한 뒤 주변의 마나를 느꼈다.

이미 마나의 기운은 전율 스스로 마나를 다룰 줄 아는 상황이다 보니 충분히 느낄 수 있었다.

하지만 한 번도 이토록 집중해서 주변의 마나를 느껴보려한 적은 없었다.

처음에는 숲 속의 마나가 크게 다가오지 않았다.

그러나 시간이 흐를수록 점점 더 주변에 만연한 마나가 확연히 느껴졌다.

전율은 그때야 비로소 마나 사이펀을 실행했다.

일정한 규칙 속에서 허공을 부유하는 마나들이 규칙을 깨뜨리고 전율의 몸 안으로 흘러들어 왔다.

'된다!'

전율은 희열을 느꼈다.

마나 루트나 마나 하트를 섭취하지 않고도, 그것도 지구에서 마나를 심장에 축적하게 되다니!

전율에게 있어서 이건 정말 놀라운 일이 아닐 수 없었다.

전율은 신이 나서 더더욱 마나 사이펀에 집중했다.

어느 순간 전율의 정신이 무아지경에 빠졌다.

공허함만 가득한 공간 속을 무념무상의 정신이 부유하고

있는 것 같은 기분이 들었다.

그 안에서 전율을 계속 마나 사이펀을 실행했다.

*   *   *

한참 동안 마나 사이펀에 빠져 있던 전율은 갑자기 무언가 정신을 튕겨내는 듯한 기운을 느끼며 눈을 떴다.

"뭐지?"

그가 어리둥절해서 스마트폰의 시간을 살폈다.

"열 시."

마나 사이펀을 시작한 게 일곱 시였는데 그새 세 시간이 흘러 있었다.

마나 사이펀 관련 서적에 마나 사이펀은 하루에 세 시간 이상 할 수 없다고 기술되어 있던 게 떠올랐다.

"벌써 세 시간이나 지나다니. 이거 시간 가는 줄 모르겠어."

전율이 체감하기로는 마나 사이펀을 시작한 지 채 한 시간도 지나지 않은 것 같았다.

마나 사이펀은 그만큼 한번 빠지면 시간의 흐름을 잊게 만드는 기술이었다.

전율은 마나의 성장도가 얼마나 올랐는지 보기 위해 상태창을 열었다.

<전율 님의 능력치>

.

.

.

[마나]

랭크 : 4

성장도 : 66→72%

사용 가능 기술 : 뇌섬(雷殲), 속박뢰(束縛雷), 뇌전(雷電)
의 창(槍), 폭뢰(爆雷), 뇌신(雷神)

"음?"

전율은 상태창의 마나 성장도를 멍하니 쳐다봤다.

그러자 마더의 음성이 들려왔다.

[앞으로는 랭크가 오르지 않고 성장도만 전보다 업그레이드
된 경우 최초 1회에 한해서, 몇 퍼센트나 올랐는지 표시해 드
리겠습니다.]

그 말에 전율이 피식 웃었다.

"점점 업그레이드되는구나, 마더."

[그렇게 프로그래밍되어 있는 인공지능입니다.]

"알았어. 아무튼 고맙다. 계속 발전해 주는 덕분에 나도 날로 편해지는군. 그나저나 세 시간 동안 마나 사이펀을 해서 6퍼센트가 올랐으면 시간당 2퍼센트씩 오르는 건가?"

링의 소모 없이 이 정도의 속도라면 나쁘지 않았다.

아니, 오히려 만세를 부르고 싶은 심정이었다.

전율은 마음 같아선 하루 종일 마나 사이펀만 하고 싶었다. 하지만 세 시간이라는 제한 때문에 그럴 수가 없었다.

그는 아쉬움을 뒤로하고 산을 내려왔다.

*　　　*　　　*

일주일이 흘렀다.

전율은 일주일 동안 하루도 빠짐 없이 마나 사이펀을 실행했다. 아울러 소환수들을 불러 스피릿의 성장도를 올려 나갔다.

그 결과 4월 16일이 되는 날 아침.

[마나의 랭크가 5가 되었습니다. 마나의 힘으로 사용 가능한 스킬이 늘지 않았으나 모든 뇌전 마법의 위력이 1.5배 강력해집니다.]

 [스피릿의 랭크가 4가 되었습니다. 테이밍 가능한 생명체의 수가 늘어났습니다. 스피릿의 힘으로 사용 가능한 모든 기술의 힘이 더 강력해졌습니다.]

 마나와 스피릿의 랭크를 하나씩 더 올릴 수 있었다.
 전율이 상태창을 확인했다.

〈전율 님의 능력치〉

[오러]
랭크 : 4
성장도 : 87%
색 : 파란색
 사용 가능 기술 : 오러 피스트(Aura Fist), 오러 애로우(Aura Arrow), 오러 피스톨(Aura Pistol), 오러 버서커(Aura Berserker)

[마나]
랭크 : 5
성장도 : 1%
사용 가능 기술 : 뇌섬(雷殲), 속박뢰(束縛雷), 뇌전(雷電)의 창(槍), 폭뢰(爆雷), 뇌신(雷神)

[스피릿]
랭크 : 4
성장도 : 1%
사용 가능 기술 : 위압(危壓), 호의(好意), 지배(支配), 최면(催眠)
테이밍 가능한 생명체의 수 : 3/7
테이밍된 생명체 : 초백한, 육미호, 디오란

[착용 중인 아이템]
─마갑 데이드릭〈귀속〉 : S급 아티팩트. 제3형태. 250,000링을 흡수하면 성장함

마더의 얘기대로 마나에 새로운 기술은 생기지 않았다.
스피릿은 랭크가 오르며 테이밍할 수 있는 생명체의 최대치가 둘이나 더 늘었다.

"좋아."

전율은 스스로의 발전에 뿌듯해졌다.

일주일 동안 마나와 스피릿뿐만 아니라 체력 단련도 게을리하지 않아 육신의 능력 역시 비약적으로 발전한 상황이었다.

"이제 내려가 볼까."

전율은 요즘 새벽 저녁 10시에 자고 3시에 눈을 뜬다.

그럼 그때부터 산에 올라 체력 단련과 마나 사이펀 두 시간을 마치고 7시에 집으로 내려왔다.

전율이 마나 사이펀을 세 시간 다 채우지 않고 그때 내려오는 이유는 가족들과 함께 아침을 먹기 위해서였다.

사실 아침 한 끼 정도야 굳이 챙겨 먹지 않아도 상관없었다.

그러나 가족들과 함께하는 시간이 그에겐 너무나 소중했다.

아침을 먹고 난 뒤엔 다시 체력 단련을 감행했다.

점심때까지 쉬지 않고 운동을 하다가 점심때가 되면 전대국, 하율이와 함께 밥을 먹었다.

그 시간엔 소율이는 학교에, 이유선은 식당에 나가 있기 때문에 밥상이 조촐했다.

점심을 먹은 이후엔 명상을 한다는 핑계로 방에 틀어박혀 남은 마나 사이펀 한 시간을 마저 했다.

이후에는 특별히 하는 일 없이 가족들과 여유로운 시간을 보냈다.

그 어떤 일에도 시간을 허투루 보내는 걸 싫어하는 전율이었다. 하지만 가족과 보내는 시간만큼은 그런 생각을 하지 않았다.

그런 단조로운 일상의 반복이 이어지며 1주일이 지난 오늘.

평소와 다름없이 거실에서 전대국과 텔레비전을 시청하던 전율은 스마트폰의 진동 소리에 액정을 확인했다.

"누구냐?"

이제 턱의 부상이 많이 나아 말을 좀 할 수 있게 된 전대국이 물었다.

전율은 고개를 저었다.

"없는 번혼데요."

"받아봐라."

전율이 액정을 슬라이드해 전화를 받았다.

"여보세요?"

그러자 스마트폰 너머에서 익숙한 음성이 들려왔다.

─전율 씨 핸드폰 맞나요?

"맞습니다만."

─안녕하세요! 저 유리아예요!

유리아라는 말에 드러누워 있던 전율이 상체를 벌떡 일으켰다.

"유리아?"

―네. 잘 지내셨어요?

"무슨 일로 전화를… 그보다 내 번호는 어떻게 알았지?"

―계약서에 적혀 있잖아요.

"아……."

전율은 계약서를 작성할 당시, 전대국의 번호가 아닌 자신의 번호를 적었었다.

전대국은 그저 음악만 만들게 할 생각이었다.

계약에 관련된 이런저런 복잡한 일들에는 휘말리게 하고 싶지 않았다.

"아무튼 무슨 일로 전화를 한 거야?"

―저 내일 데뷔해요! 정식으로 음악 프로그램에 출연하는 건 아니지만 음원이 먼저 풀린대요!

"그래? 축하할 일이군."

유리아의 데뷔는 곧 전대국의 데뷔를 뜻한다.

레드 슈즈의 작곡가가 전대국으로 되어 있기 때문이다.

전율은 기분 좋은 얼굴로 전대국을 바라봤다.

"아부지 돈 없다. 그렇게 쳐다봐도 뭐 안 나온다."

전대국이 심드렁하게 농담을 던지고서 시선을 다시 텔레비

전에 두었다.

스마트폰에서는 잔뜩 상기된 유리아의 목소리가 계속 들려왔다.

―그리고 또 빅뉴스가 있어요!

"빅뉴스?"

―네! 우리 소속사 거지 신세 면하게 됐어요!

전율은 이게 무슨 소리인가 싶었다.

"거지 신세를 면하다니?"

아직 음원이 나오기도 전이라 돈 들어올 구멍이 전혀 없을 터였다.

한데 거지 신세를 면했다고 하니 복권이라도 들어맞은 건가 싶었다.

―우리 대표님 주식이 대박 났대요!

주식이 터졌다고 한다면 그거야 충분히 가능성이 있는 얘기였다.

개인 성향의 차이가 있긴 하지만 보통 어느 집단을 이끌어가는 리더들은 주식에 한 번씩 눈을 돌리곤 한다.

김진세 역시 워낙 특이한 인간이긴 해도 회사의 대표이니만큼 주식에 관심을 가질 법도 했다.

한데 어떤 주식을 사들였길래 소속사가 거지 신세를 면하게 될 만큼 대박이 난 건지 궁금했다.

전율은 전생에 주식에 대해 무지했다.

그래서 지금 그가 사들인 주식은 우연히 미래대부의 용식이 덕분에 알게 된 케이자동차가 유일했다.

그 외의 주식은 뭐가 터지고 뭐가 휴지 조각이 되는지 전혀 알지 못했다.

"어떤 주식을 샀길래?"

전율은 단순히 궁금한 마음에 지나가듯 물었다.

한데 돌아온 대답은 그의 동공을 확장시켜 버렸다.

─케이자동차요!

"뭐?!"

케이자동차 주식이 지금 터졌다는 건 전율로서는 선뜻 받아들이기 힘든 말이었다.

그의 기억이 맞으려면 케이자동차 주식이 터지기까지 아직 삼 주 정도의 시간이 더 필요했다.

"그럴 리가 없는데."

─지금 대표님이 투자한 원금이 여섯 배로 늘어났어요. 대표님 말로는 앞으로도 사흘간은 계속 상승세를 탈 거래요. 저는 조금 불안해서 지금 파는 게 좋지 않겠느냐고 여쭤봤는데, 똥고집 부리시면서 들은 체도 안 하시네요. 그래서 그냥 좋을 대로 하라고 했어요. 다 날려먹으면 그건 대표님 운이죠, 뭐.

"유리아, 그거 확실한 거지?"

―네. 확실해요.

"알았어, 나중에 통화해."

전율은 전화를 끊었다.

전대국이 그런 전율에게 물었다.

"무슨 전화를 그렇게 스펙터클하게 받아? 표정이 하도 많이 변해서 변검하는 줄 알았다."

하율도 번역 작업하던 걸 멈추고 전율의 곁으로 다가왔다.

"뭐… 안 좋은 전화였니?"

"아니, 그런 거 아니야."

"그런 게 아니라는 말인즉슨 좋은 소식이렷다?"

"네, 아버지."

"그럼 어서 말해봐."

전대국은 발가락으로 리모컨 버튼을 꾹꾹 누르며 말했다.

"유리아가 내일 데뷔한대요. 아버지가 쓴 곡으로요."

"…뭐?"

전대국의 발가락이 그대로 멈췄고 그의 고개가 휙 돌아 전율에게 향했다.

"아버지도 내일이면 작곡가로 데뷔하시는 거예요. 축하드려요."

"그게… 지, 진짜냐?"

"네, 진짜예요."

"하율아!"

"아빠!"

전대국와 하율이 서로 얼싸안았다.

"하율아! 이 아빠 작곡가로 데뷔한단다! 내일이면 정식 작곡가가 된단다!"

"진짜 축하드려요, 아빠!"

"하하하하! 아, 아이고 턱이야."

"괜찮으세요?"

"으흐흐흐. 괜찮지, 그럼. 지금 턱 아픈 게 대수냐? 그렇게 바라 마지않던 작곡가가 됐는데! 크크큭! 으하하하하!"

전대국은 정신 나간 사람처럼 한참을 웃었다.

하율이의 눈에는 어느새 기쁨의 눈물이 맺혔다.

전율은 그런 두 사람을 뿌듯하게 바라보았다.

지이이이잉—

"음?"

그때 전율의 스마트폰으로 메시지가 하나 도착했다.

확인해 보니 지우였다.

—율아, 고마워! 다 네 덕이야!^^*

전율은 뜬금없이 무슨 말인가 싶어 바로 답장을 보냈다.

—내 덕이라니? 뭐가?

지이이이잉—

지우에게 칼답이 왔다.

—병원에서 네가 그랬잖아! 케이자동차 주식 대박 날 거라고! 정말 그렇게 됐어! 네가 미래 대부 사람들한테 우리 집 빚 독촉하지 않게 해주는 바람에 이제 전부 다 해결될 것 같아! 정말 고마워, 율아ㅠㅠ

'케이자동차?'

지우까지 케이자동차 주식이 올랐다고 한다.

이미 두 사람이나 같은 얘기를 하고 있으니 전율이 이를 믿지 않을 수가 없었다.

'어떻게 된 거지? 왜 내 기억과 이렇게 차이가 나는 거야?'

고민하던 전율은 혹시 나비효과의 영향이 주식에까지 미친 게 아닐까 싶었다.

전율이 되살아나고 그가 알던 전생이 변하기 시작했다.

아직까지는 전율의 주변 일들만이 바뀌었고, 그것이 세상에 직접적인 영향을 준 건 딱히 없었다.

물론 세세한 부분까지 따져 보면 전율이 모르는 부분에서 변화가 일어나긴 했을 것이다.

한데 바로 이게 중요했다.

전율이 주변을 바꾸면서 파생되는 영향이 세상의 정해진 미래를 살짝살짝 건드렸다.

처음에는 그저 작은 파동에 불과했지만, 그런 작은 파동들이 서로 얽히고설켜 더욱 큰 파동을 만들어냈다.

큰 파동은 다시 자기들끼리 얽혀 더 큰 파동을 만들어냈다.

그 큰 파동이 어떤 식으로 세상에 영향을 미치며, 미래를 어떻게 바꿀지는 알 수 없었다.

아무튼 이번 케이자동차 주식 건도 바로 전율의 행보로 생긴 작은 파동들이 세상에 미친 나비효과였다.

그나마 다행인 건 주식이 터지는 시기가 당겨졌다는 것이었다.

만약 파동이 이상한 방향으로 튀어서 주식이 다 무너져 내리기라도 했다면 큰일이 났을 것이다.

전율이 모아놓은 5억이 그대로 날아가는 것은 당연하고, 지우네 가족과 김진세 대표도 쪽박을 찼을 테니까.

전율은 당장 컴퓨터를 켜서 HTS시스템으로 주식을 확인했다.

그리고 할 말을 잃었다.

그의 눈에 비쳐진 보유 주식의 액수를 믿을 수가 없었다.

5억을 때려 부었던 주식은 30억 이상으로 불어나 있었다.

"정말 올랐어."

전생에서보다 주식이 좀 더 빨리 오르긴 했지만, 아무렴 어떤가?

상관없었다.

올랐다는 게 중요했다.

'이대로 조금만 더 묻어두면······.'

그런 생각을 하던 전율은 미간을 확 찌푸렸다.

그리고 심각한 고민에 빠졌다.

'가만··· 이 주식이··· 전생에서처럼 열 배가 뛸 거라는 보장이 있나?'

이미 현재는 전율이 아는 것과 달라지기 시작했다.

그런데 전율의 기억에만 의존해서 믿고 가기에는 무리가 있었다.

'빼야 하나? 그냥 둬야 돼?'

전율은 갈등했다.

지금 돈을 빼도 무려 25억의 이득을 본다.

하지만 만약 며칠 후 10배가량 주식이 오른다고 치면 20억가량을 손해 보는 것이다.

한데 확실치 않은 정보를 손에 쥐고서 달려가기엔 배팅된 액수가 너무 컸다.

그랬다가 주식이 곤두박질치면, 25억은 고사하고 원금도 회수하기 힘들 수가 있었다.

주식이라는 게 원래 그런 판이다.

일확천금과 패가망신이 한 끝 차이로 정해진다.

갈등하던 전율은 결국 주식을 팔지 않기로 하고 컴퓨터를 껐다.

가족들에게는 주식에 대한 이야기를 굳이 하지 않았다.

지금 여섯 배가 올랐다고 하면 입을 모아서 주식을 팔라고 할 게 뻔했기 때문이다.

5억을 투자했을 때와 수중의 돈이 25억으로 불었을 때, 가족의 반응은 분명 처음과 달라질 것이다.

초지일관으로 전율을 믿으니 계속해서 묻어두라 하기보단 욕심내지 말고 그 정도면 됐으니 그만하자는 말이 나오겠지.

그게 인간이다.

그래서 전율은 주식 이야기를 할 수 없었다.

'김진세의 말처럼 사흘. 앞으로 사흘만 지켜보다가 팔자.'

김진세는 개인적인 판단으로 케이자동차 주식이 오를 것을 알고 사들였다.

그리고 사흘 후까지는 계속해서 주가가 오를 거라는 말을 했다고 한다.

그렇다면 지금 전율이 믿을 수 있는 건 김진세밖에 없었다.

전율이 컴퓨터가 있는 안방에서 나왔다. 거실에서는 전대국과 하율이가 미래에 대한 청사진을 그리느라 정신이 없었다.

'그나저나 아버지가 뉴스를 보지 않으셔야 하는데.'

젊은 시절의 전대국은 뉴스와 신문을 매우 좋아했었다.

그런데 사업 실패 후, 세상 돌아가는 소식을 병처럼 접하기 싫어했다.

자신처럼 힘든 일을 겪다 자살한 사람들의 이야기, 사업이 실패해 빚더미에 깔려 패가망신한 사람들의 이야기, 그런 이야기들 자체가 스트레스로 다가왔기 때문이다.

해서 회사를 접고 노가다와 대리운전 일을 한 이후부터는 신문을 끊었고, 뉴스도 보지 않았다.

그렇다 보니 주식에 대한 정보 같은 것도 접할 기회가 없었다.

전대국이 그런 성향인지라 가족들 역시 의식적으로 뉴스나 신문을 보지 않게 되었다.

그렇게 보면 전생의 전율이 세상 소식에 관심이 없었던 건, 전대국의 영향도 제법 컸을 것이다.

전율은 제발 가족들이 주식에 대해 모르길 빌었다.

*   *   *

사흘이 지났다.

그리고 제대로 잭팟이 터졌다.

행운의 여신은 전율을 배신하지 않고, 따스하게 품어 안았다.

케이자동차의 주식이 열한 배나 뛰어버렸다.

전율은 더 볼 것도 없이 주식을 모두 팔았다.

이 이상을 바라는 건 욕심이었다.

주식을 팔아 벌어들인 돈 55억이 고스란히 전율의 통장에 입금되었다.

전율은 그 돈으로 당장 집안의 빚부터 갚았다.

전대국이 지인들에게 빌린 돈부터 해서 은행 빚에, 이자까지 전부 3억 가까이 되는 돈을 깨끗하게 갚아버렸다.

지금까지 전대국과 이유선이 개인 파산 신청을 안 하고 어떻게든 버텨온 보람이 한꺼번에 찾아오는 순간이었다.

전율의 가족은 빚잔치를 끝냈다.

좋은 일은 꼬리에 꼬리를 물고 찾아왔다.

처음엔 조용하기만 하던 유리아의 음반이 유명 뮤지션들의 입에 오르내리면서 차트 역주행을 시작하더니 기어코 각 음원 사이트에서 1위를 모조리 휩쓸어 버리는 영광을 얻었다.

음악 프로그램에 얼굴 한번 내비치기 힘들던 유리아는 3개 지상파 방송국에서 숱한 러브콜을 받았다.

음원이 팔리기 시작하며 전대국에게 지급될 저작권료도 차곡차곡 쌓여갔다.

아직 정산이 되지 않았지만 김진세는 전율에게 전화를 해 곧 억 소리 나는 저작권료가 지급될 테니 기대하라고 큰소리를 뻥뻥 쳐 댔다.

시간이 흐를수록 유리아는 점점 더 많은 방송에 출연하게
되었다.

음악 프로그램뿐만 아니라, 각종 버라이어티 쇼와 토크 쇼
에도 바쁘게 모습을 드러냈다.

잘나가는 사람은 유리아만이 아니었다.

어떻게 알았는지 전대국의 번호로 연락을 한 기획사들이
작곡을 해달라며 아우성이었다.

심지어는 전율의 집으로 직접 찾아오는 대표도 있었고, 선
물 공세를 퍼붓는 기획사도 심심찮게 있었다.

주식이 터진 그날부터 전율의 가족은 하루하루가 파티 분
위기였다.

전율은 이제 이 지긋지긋한 낡은 집을 벗어날 때가 왔다고
생각했다.

그는 가족들에게 동의를 구한 뒤, 당장 거두리의 신축 단독
주택을 알아봤다.

그러다 마음에 드는 매물을 찾았다.

대지는 70평, 건물은 45평에 2층짜리로 4억에 나온 매물이
었다.

아직 매매 희망자나, 입주 희망자가 없었기에 용식을 대동
해서 바로 계약을 완료했다.

용식을 데려간 이유는 혹시라도 건물 사기를 당할지 몰랐기 때문이다.

용식은 건달이지만 이런 쪽에서는 아주 빠삭했다. 그는 마치 자신의 일인 양 꼼꼼하게 계약서를 살폈고 매물로 나온 건물과 주변의 터를 직접 확인한 뒤, 전율에게 오케이 사인을 주었다.

계약이 완료된 다음 날, 전율의 가족은 전부 단독주택으로 이사를 했다.

전율이 비싼 이삿짐센터를 불러 움직이는 바람에 가족들의 손이 갈 일은 별로 없었다.

이사가 끝나고 짐정리가 완벽히 끝난 날 저녁.

가족들은 넓고 쾌적한 거실에 모여 족발과 치킨을 안주로 시켜놓고 축배를 들었다.

다친 김에 일을 쉬던 전대국은 그렇다 쳐도 이유선은 본래 일터에 나갈 시간이었다.

그렇지만 가게를 차려줄 테니 이제 식당 일 그만하라는 전율의 간곡한 부탁에 이유선은 며칠을 고민하다가 그러기로 했다.

더불어 전대국도 노가다와 대리운전 일을 때려치우기로 마음먹었다.

이제 그도 진정 원했던 작곡가의 길을 걷고 싶었다.

어른들의 잔에는 술이, 유일한 미성년자 소율이의 잔에는 사이다가 채워졌다.

전율의 가족은 크게 '건배!'를 외치며 잔을 부딪쳤다.

첫잔을 시원하게 비우는 것을 시작으로 웃음꽃이 그치지 않는 이야기판이 벌어졌다.

전율도 오늘은 자신이 살아온 날 중 가장 기분이 좋았다.

가족의 빚을 갚고 새집까지 샀는데 수중에 남은 돈은 45억이나 됐다.

그 사실이 새삼 감격스러웠다.

그러한 감격은 가족들도 똑같이 느끼고 있었다. 전대국은 한참 웃고 떠들다가 즐거워하는 가족들의 얼굴과 새집을 찬찬히 둘러보더니 울컥해서 펑펑 눈물을 흘렸다.

"고생만 시켜서 미안했어, 여보. 미안했다, 얘들아. 그리고 고생했다, 내 아들… 율아."

전대국이 얼큰하게 술이 올라 붉어진 얼굴로 흐느끼며 전율을 품에 꽉 안았다.

굳건하고 강인하기만 했던 아버지의 눈물에 나머지 가족들도 덩달아 울음을 터뜨렸다.

그날 밤은 그렇게 행복한 눈물로 젖어 들어갔다.

Chapter 31.
개업! 유리식당

5월도 중순에 접어들었다.

그동안 전율의 가족들은 새집에 완전히 적응을 끝냈다.

사실 일주일 전까지만 해도 사소한 문제들이 몇 가지 있었다. 말 그대로 사소한 것이기 때문에 크게 신경 쓸 필요도 없었고 시간이 지나면 해결될 문제들이었다.

한데 당장 그 와중에 조금 골치 아픈 문제가 있었으니 바로 전대국의 주사였다.

전대국은 작곡가가 된 뒤로 창작의 고통에 시달려야 했다.

물론 처음에는 마냥 구름 위를 걷는 듯 신나기만 했었다.

숱한 기획사에서 곡 의뢰를 해왔으니 하루하루가 꿈만 같았다.

전대국은 거의 하루에 한 곡씩 뽑아 기획사들에 넘겨주었다.

물론 혼자서 음원 파일을 만든 건 아니었다.

일전에 레드 슈즈를 작곡할 때 도움을 주었던 지인의 딸이 계속 전대국을 도왔다.

그녀의 이름은 '도이연'으로 전율도 딱 한 번 만나본 적이 있었다.

레드 슈즈의 작곡을 도와줬다는 이유로 저작권 문제를 걸고넘어지면 어쩌나 싶은 걱정에서 만났던 것이었다.

하지만 그녀를 마주하는 순간 그런 걱정은 단숨에 사라졌다.

도이연은 상당히 소심한 성격의 여인이었다.

그렇다고 조용한 편은 아니었다. 툭하면 크고 작은 실수를 저지르며 연신 입 밖으로 죄송하다는 말을 호들갑스럽게 내뱉었다.

도이연은 머리카락을 노랗게 염색해서 양 갈래로 땋았고, 동그란 뿔테 안경을 썼었다.

걸치고 있는 건 다 늘어난 파란색 트레이닝복이었다.

그런 차림으로 전율과 처음으로 마주했었다.

혹 레드 슈즈의 저작권에 대해 권리가 있다고 생각하느냐 묻는 전율에게 그녀는 과장되게 고개를 저으며 '저는 욕심 하나도 없어요! 그, 근데 다음 곡부터는 같이 작업해서 편곡에라도 이름 올려주시면 좋을 것 같은데… 요, 욕심부린 거면 죄송해요!'라고 대답했다.

전율은 그런 도이연을 당장 레드 슈즈의 편곡자로 등록했다.

당시엔 아직 레드 슈즈의 음원이 시장에 뿌려지기 전이었기에 가능한 일이었다.

이후부터 도이연은 전대국을 도와 곡 작업을 함께 했다.

전대국은 자연스레 집에 있는 날보다 도이연의 작업실에 머무는 날이 많아졌다.

기획사에서 의뢰가 줄줄이 들어오니 어쩔 수 없었다.

한데 문제는 여기서부터였다.

전대국이 신나서 만든 음원들은 전부 기획사에서 퇴짜를 놓았다.

노래가 나쁜 건 아닌데 요즘 아이돌 그룹의 컨셉에는 맞지 않는다는 게 그 이유였다.

전대국은 프로 작곡가의 세계가 어떤 건지 톡톡히 맛보고 매일매일을 괴로워했다.

자신이 하고 싶은 음악을 만드는 게 다가 아니었다.

아무리 좋아도 대세를 이루는 아이돌 그룹의 이미지에 맞지 않으면 써먹을 수가 없었다.

하고 싶은 음악과 해야 하는 음악 사이에서 전대국은 고민했다.

그것은 전대국에게 매우 힘든 일이었고, 절로 술을 찾는 날이 잦아졌다.

거기까지는 괜찮았다.

전대국이 술을 먹고 들어와서 가족들에게 폭력이나 폭언을 퍼붓는 것도 아니고, 아무 데나 노상방뇨를 하는 것도 아니었다.

그저 무사히 집에만 들어오면 아무 문제도 생기지 않을 일이었다.

한데 집으로 들어오지 않으니 문제였다.

밖에서 한잔 거하게 자시면 열에 여덟은 새집이 아닌 이사 오기 전 집으로 찾아가곤 했다.

이미 그 집엔 다른 가족이 사는데 자꾸만 거기로 들어가 버리니, 잘못했다간 일이 크게 시끄러워질 뻔했었다.

다행히 일주일 전부터 전대국은 술에 취해도 집에 잘 찾아오기 시작했다.

덕분에 문제가 커지기 전에 해결되었다.

이후로는 평안한 나날의 연속이었다.

전율의 가족은 모두 행복 속에서 하루하루를 보냈다.

다만 갑자기 일을 나가지 않게 된 이유선이 무료함에 조금 힘들어했다.

그래서 전율은 이유선의 식당을 당장 내주기로 했다.

쇠뿔도 단김에 빼랬다.

수중에 돈도 있고 마음의 여유도 넉넉하다. 그러니 전율은 망설일 이유가 없다고 판단했다.

다만, 이유선이 너무 겁을 먹고 있는 게 문제였다.

"율아, 식당이라는 게 그렇게 쉽게 개업해서 성공할 수 있는 게 아니야."

식당을 내자고만 하면 저 소리였다.

이대로는 평생 가도 이유선에게 식당을 내줄 수 없었다. 식당을 내기 위해서는 이유선의 자신감을 찾아줘야 했다.

어떤 방법이 좋을까 고민하던 전율은 용식에게 전화를 걸었다.

"용식 형님."

―그래, 율아! 어쩐 일이냐?

용식이 반갑게 전화를 받았다.

용식에게 있어서 전율은 미래대부 가족들을 구해준 생명의 은인이나 다름없다.

전율이 귀찮아할까 싶어 먼저 전화 거는 일은 거의 없지만,

발신자 이름에 전율이라는 글자가 뜨면 그렇게 반가웠다.

"오늘 저녁에 시간 어떠십니까?"

—시간? 자식아, 네가 시간 내라 그러면 없는 시간도 만들어야지. 무슨 일이야?

"집들이를 할까 해서요."

—집들이?

"생각해 보니 제가 새집 구하는 데 가장 큰 역할 해주셨는데, 밥 한 번 제대로 대접하지도 못한 것 같아서 말입니다. 미래 대부 가족들 다 데리고 오세요."

—오, 그래? 좋지! 하하하하하! 근데… 가족들이 불편해하지 않겠냐?

"형님이랑 미래대부 가족들 생각보다 인상 부드러우니까 걱정 말고 오세요."

—으하하하하하! 이 자식이 오늘 혀에 꿀 좀 발랐나 보네? 알았다. 내가 한 놈 열외 없이 모두 데리고 가마!

"그런데 부탁이 하나 있습니다."

—뭔데? 다 말해봐, 다.

"오실 때, 행복식당에서 돼지고기 김치 찜 대짜 하나만 포장해다 주세요."

행복식당은 춘천에서 돼지고기 김치 찜으로 가장 유명한 맛집이었다. 하지만 전율은 그곳을 딱 한 번 가보고는 두 번 다시 가지 않았었다.

맛이 없는 건 아니었다.

분명히 맛집으로 소문이 퍼질 만큼 맛이 있었다.

그러나 전율이 가장 맛있게 먹었던 돼지고기 김치 찜보다는 맛있지 않았다.

이유선의 돼지고기 김치 찜이 전율에게는 가장 맛있었다.

엄마의 요리라서가 아니라 객관적으로 평가해도 분명히 이유선의 요리가 더 맛있었다.

─집밥 먹자는 게 아니었어?

느닷없이 돼지고기 김치 찜을 사오라는 말에 의아해진 용식이 물었다.

"집밥 드립니다."

─근데 돼지고기 김치 찜은 왜?

"사 오시면 압니다."

─그래그래! 사 가면 알겠지! 하여튼 나이 먹으면 이게 문제야. 쓸데없이 궁금한 게 많아져! 늦지 않게 갈 테니까 딱 기다리고 있어!

용식과의 통화를 마친 전율은 집 냉장고를 살폈다.

냉장실에는 이유선이 한 달 전 담갔던 김치가, 냉동실에는 보쌈용 돼지고기 삼겹살이 있었다.

김치를 담그면서 보쌈을 해먹고 남은 삼겹살을 그대로 냉동해 놓은 것이다.

전율이 김치 통을 열어 한 조각을 맛봤다.

김치가 아주 맛있게 익어 있었다.

"이것만 있으면 가능하겠지."

냉장고 앞에 서서 고개를 주억거리는 전율의 모습을 본 이유선이 등을 툭 쳤다.

"뭐 해, 아들?"

"아, 그냥 김치 맛 좀 봤어요."

"배고파? 뭣 좀 해줘?"

"네, 돼지고기 김치 찜 해주세요."

전율이 준비했다는 듯 바로 대답하자 이유선의 눈이 가늘어졌다. 돼지고기 김치 찜은 전율이 이유선에게 식당을 열자고 부추기면서 늘 입에 담던 메뉴였다.

이유선이 어림도 없다는 듯 팔짱을 끼고 고개를 휘휘 저었다.

"그런 식으로 꼬드겨도 엄마는 아직 식당 할 생각 없어요~"

"정말 먹고 싶어서 그런 거예요. 이왕이면 좀 많이 해주세요."

"많이?"

"네. 오늘 제 지인들이 집들이하러 올 거거든요."

전율을 바라보는 이유선의 이마에 핏대가 솟았다.

이유선의 손이 날렵하게 움직여, 먹이를 노리는 매처럼 전율의 귀를 잡아챘다.

"윽. 어, 어머니."

"오늘 사람 온다는 얘기 없었던 걸로 아는데?"

"그게… 그렇게 됐어요."

"몇 명이나 오는데?"

"한… 열 명?"

이유선이 전율의 나머지 귀 한쪽도 잡아챘다.

"윽."

"한두 명도 아니고 열 명? 스케일 자꾸 커진다, 아들?"

"죄송해요. 어쩌다 보니 그렇게 됐어요."

이유선이 피식 웃으며 잡은 귀를 놓아주었다.

"밥도 얼마 없을 텐데, 새로 해야겠네."

"밥은 제가 할까요?"

"됐어. 엄마가 할게. 우리 귀한 장남은 저기 소파에 앉아서 엄마가 열심히 밥하는 거 보고 계속 미안해하고 있어?"

"…그냥 뭐라도 도울게요."

"엄마 혼자 하는 게 더 빨라. 열 명이라 그랬지?"

"네."

"몇 시쯤 오신대?"

"저녁때 맞춰 오라 그랬으니 여섯 시쯤 올 거예요."

시계를 보니 벌써 오후 세 시였다.

아들의 지인들이 집들이를 온다는데 달랑 돼지고기 김치찜 하나만 놓고 대접할 수는 없는 노릇이었다.

이유선이 전율을 옆으로 살짝 밀어내고 냉장고와 냉동실을 빠르게 스캔했다.

"시금치랑 두부… 계란이랑 느타리버섯도 있고… 어머, 오징어랑 고등어도 있었네? 언제 얼려놓은 거람? 시금치도 상태가 영 헤롱헤롱하네. 두부는 유통기한이… 그제까지잖아? 이틀 정도야 뭐, 괜찮으니까. 계란은 사흘 지났네? 이틀이나 사흘이나. 음, 이거 다 오늘 처리해야겠다."

이유선은 시들거리는 채소와 유통기한이 조금 지난 것들, 언제 얼려놓은 건지 모를 수산물을 전부 꺼내 싱크대 위에 늘어놓았다.

두 팔을 탁 걷어붙인 이유선이 뒤에 멀뚱히 서 있는 전율에게 윙크를 찡긋 보냈다.

"오늘 저녁에 만찬을 차려줄 테니까 기대해, 우리 장남."

"…네."

만찬을 차리려는 건지 코마 상태에 빠진 음식들을 처리하려는 건지 구분이 잘 안 가는 전율이었다.

*　　　　*　　　　*

이유선의 손이 바쁘게 움직였다.

그녀는 능숙하게 요리 재료들을 손질해서 동시에 몇 가지의 음식을 만들어 나갔다.

4구 가스레인지 위에는 프라이팬이나 냄비 등이 전부 올라가 식재료들을 볶거나 찌거나 끓이고 있었다.

이유선은 싱크대 앞에서 한시도 떠나지 않고 계속해서 움직이며 손을 놀렸다.

전율은 이유선의 뒤에 서서 요리하는 과정을 숨죽여 지켜봤다.

제각각이라고만 생각했던 식재료들은 이유선의 손이 닿으면 그 즉시 형태가 바뀌어 그럴싸한 음식으로 탄생했다.

손 한 번 탁 하면 시금치나물이 나왔고, 탁 하면 느타리버섯 부침이, 탁 하면 오징어 볶음과 고등어구이가, 탁 하면 두부조림이 마법처럼 주르륵 완성되었다.

이유선의 손님 접대용 집들이 음식의 대미는 돼지고기 김치찜이 장식했다.

거실에는 맛있는 음식이 가득 퍼져 식욕을 자극했다.

자기 방에 틀어박혀 책 번역에 정신이 팔려 있던 하율이가 문을 벌컥 열고 고개를 빠끔 내밀었다.

"엄마, 잔치해요?"

"졸지에 그렇게 됐네? 마침 잘 나왔다. 상 펴고 음식들 좀 날라줄래?"

"네."

"나도 도울게, 누나."

하율과 전율은 싱크대 위에 놓인 먹음직스런 음식들을 사이좋게 상으로 날랐다.

상에 오르지 않은 음식은 돼지고기 김치찜뿐이었다.

그건 먹기 직전까지 약한 불에 데우다가 퍼서 날라야 가장 맛이 있었다.

"근데 손님 와요?"

마지막 접시를 나르며 하율이 물었다.

"곧 내 지인들 올 거야."

묻기는 이유선에게 물었는데 전율이 대답했다.

"갑자기? 지인들 누구?"

"있어. 나 여기 집 살 때 도움 줬던 사람들."

"맞다. 용식인가 하는 분이었지?"

"응."

"잘했어. 도움받았는데 집들이도 안 하고 넘어가면 안돼."

"그럼~ 정말 잘했지 뭐니? 손님들 오기 딱 세 시간 전에 말해주고, 우리 장남 정신 차리고 나서 가장 잘한 일인 것 같아,

엄마는."

이유선이 끝까지 전율을 놀렸다.

그 모습이 재미있어 하율은 키득거렸고, 전율은 입이 열 개라도 할 말이 없어서 머리만 긁적였다.

이유선은 번개같이 밥을 퍼서 상에다 놓았다.

이후 냉장고에 있던 잔반찬을 꺼내 올리고 수저를 세팅한 뒤, 물까지 컵에 담아놓는 것으로 집들이 상차림을 마쳤다.

"후우~ 끝!"

"와아, 정말 맛있겠어요."

하율이 거하게 차려진 상을 보고 박수를 쳤다.

그때 타이밍 좋게도 초인종이 울렸다.

띵동—

"손님 왔나 봐요."

하율이 스피커폰으로 다가갔다.

"딱 맞춰 오셨네들?"

이유선도 하율을 따라 움직였다.

스피커폰의 모니터에는 환한 미소를 짓고 있는 용식이파 사람들의 모습이 담겨 있었다.

한참 동안 모니터를 바라보던 하율과 이유선이 천천히 고개를 돌려 뒤에 있던 전율에게 물었다.

"율아… 저 사람들 누구야? 잘못 찾아온 거 같은데, 너 아는 사람들이야? 하나같이 무섭게 생겼는데?"

"아들, 혹시 사채 같은 거 썼니?"

전율이 머뭇거리다 대답했다.

"…아까 말한 지인들이에요."

"사채 쓴 거 아니고?"

"…네."

전율은 모니터를 살피면서 한숨을 쉬었다.

용식이파 인간들은 억지로 웃는 얼굴이 더 무서웠다.

*　　　*　　　*

"율이한테 말씀 많이 들었습니다! 저, 김용식이라고 합니다."

용식이파 사람들이 현관에 죽 늘어섰다.

용식은 자신을 맞아주는 이유선에게 인사부터 건넸다.

"네, 반가워요. 전 율이 엄마예요."

살아오면서 산전수전 다 겪어본 이유선은 상대방의 인상이 무섭다고 겁을 먹거나 하지 않았다. 하지만 하율은 당장에라도 도망치고 싶은 심정이었다.

"이렇게 뵙게 돼서 정말 영광입니다, 어머님. 아, 그리고 이분들은 우리 식구… 아니, 저기 우리 직원들입니다. 제가 작은 회사 하나 차려서 비즈니스를 좀 하고 있거든요."

"어머, 그래요? 직원분들 볼 때마다 든든하시겠어요?"

하나같이 무섭게 생겼다는 걸 농담 섞어 돌려 말한 것이다. 그러나 용식은 그런 고급 농담을 알아듣는 센스 같은 게 전혀 없었다. 곧이곧대로 듣고 답했다.

"아무렴요! 든든하죠! 하하하하하! 얘들아! 인사드… 아니, 직원 여러분. 율이 어머님께 인사 드리도록!"

용식의 말이 끝나는 순간 용식이파 가족들이 허리를 구십 도로 꺾어 한목소리로 외쳤다.

"안녕하십니까, 율이 어머님!"

"인사가 너무 박력 있어서 동네 사람들 다 듣겠네요. 호호호."

인사 참 시끄럽게 한다는 타박이었다.

물론 용식은 이번에도 알아듣지 못했다.

"딸꾹!"

용식이파 사람들의 각 잡힌 인사에 깜짝 놀란 하율이 딸꾹질을 해댔다.

그제야 용식은 하율을 발견했다.

그런데 하율을 바라보는 용식의 시선이 이상했다.

'어……'

용식의 동공에 하율의 작고 흰 얼굴이 담기는 순간 그의 사고 회로가 멈췄다. 입을 헤 벌린 채 아무 말도 못 하고서 계속 하율에게 시선을 고정했다.

"딸꾹!"

하율은 그런 용식의 시선이 무서워 또 한 번 딸꾹질을 했다.

그제야 정신을 차린 용식이 이유선에게 물었다.

"옆의 아리따운 분은 혹… 따님이신지?"

"네. 우리 첫째 딸 하율이예요."

"아, 안녕하세요. 딸꾹!"

"아, 안녕하십니까. 율이를 형제처럼 생각하는 김용식이라고 합니다. 그럼 저 율이의……."

"누나예요."

딸꾹질에 괴로워하는 하율 대신 이유선이 대답했다.

"누나군요."

용식은 별 의미 없는 말을 따라하면서 고개만 주억거렸다.

상황을 보다 못한 전율이 용식에게 다가와 귓속말을 했다.

"정신 차리고 빨리 자리에 앉아요."

전율의 말은 용식에게 거의 법이나 다름없었다.

흐리멍덩해진 정신을 당장 부여잡은 용식이 다른 식구들을 수습해 상에 둘러앉았다.

"아, 율아. 여기 부탁한 거."

용식이 행복 식당에서 포장해 온 돼지고기 김치 찜을 전율에게 건넸다.

"야, 그거 끼니때 딱 맞춰 갔으면 절대 포장 못 해오겠더라. 다섯 신가? 들어갔는데도 사람들이 바글바글해. 난 한 번도 거기서 안 먹어봤는데 진짜 맛있긴 맛있나 봐?"

"그게 뭐니?"

이유선이 음식이 담긴 플라스틱 원형 통을 보며 물었다.

"보시면 알아요."

전율은 대답하지 않고 그것을 주방으로 가져갔다.

이유선과 하율이 전율의 뒤를 졸졸 따라갔다.

용식의 주책없는 눈동자는 그새를 못 참고 주방으로 향하는 하율의 뒷모습에 꽂혔다.

"아유, 내가 이러면 안 되지."

고개를 세차게 흔든 용식이 정신을 차리려고 애쓸 때, 주방에서는 이유선이 플라스틱 통 속의 내용물을 확인하고서 전율의 귀를 다시 학대했다.

"윽."

"이럴 거면 돼지고기 김치 찜은 왜 만들어달라고 했어~? 응?"

"설명해 드릴게요. 우선 귀 좀⋯⋯."

이유선이 쥐어뜯던 귀를 놓고서 팔짱을 꼈다.

"1분 줄게."

"어머니. 저는 증명하고 싶었어요."

"뭐를?"

"어머니가 스스로의 음식에 용기를 가져도 된다는 것을요."

"무슨 꿍꿍인지 잘~ 알겠다. 내가 만든 거랑, 밖에서 사 온 거랑 놓고 비교하자고?"

"어떤 게 어머니가 만든 건지 모르게 할 거예요. 내 지인들한테는 그냥 밖에서 사 온 돼지고기 김치 찜을 큰 대접 두 개에 나눠서 담아놓은 것처럼 내갈 거예요."

"하지만 사실 하나는 내가 만든 거고, 하나는 사 온 거다?"

"네. 어느 대접에 담긴 돼지고기 김치 찜이 더 빨리 사라지는지 보세요. 참고로."

전율이 플라스틱 통을 앞으로 내밀었다.

"여기 담긴 돼지고기 김치 찜, 춘천에서 가장 유명한 집에서 사 온 거예요."

"1분 땡. 가지고 나가자."

이유선은 영 탐탁잖은 표정으로 두 개의 돼지고기 김치 찜을 똑같은 대접에다가 나눠 담았다.

*　　　　*　　　　*

"잘 먹겠습니다!"

우렁찬 외침을 던져 놓고 용식이파 식구들은 수저를 바쁘게 움직였다.

다들 한 며칠은 굶을 사람처럼 게걸스럽게 요리들을 입에 쑤셔 넣었다.

그런 행동엔 다 이유가 있었다.

단순히 그들이 건달이고 무식해서가 아니다.

용식은 집들이를 가기 전에 자기 식구들에게 요리가 맛없어도 맛있는 척하라고 당부해 둔 터다.

그래서 다들 과장스럽게 식사를 하고 있는 것이었다.

그런데 수저가 몇 번 음식을 입안으로 나르고 난 뒤, 그들은 동시에 깨달았다.

이것은 과장하거나 연극할 필요가 없는 맛이라는 걸.

상 위에 놓인 요리 하나하나가 기막히게 맛있었다.

요리뿐 아니라 잔반들도 끝내줬다.

하지만 그중에서도 유독 손이 자주 가는 음식은 돼지고기 김치 찜이었다.

열 명이 둘러앉다 보니 큰 상을 두 개 이어 붙인 터였다.

돼지고기 김치 찜은 한 상에 하나씩만 놓여 있었다.

그래서 대부분 자기와 가까운 대접에 있는 돼지고기 김치 찜만 먹었다.

한데 이어 붙인 상의 중간 부분에 앉은 용식이파 막내 영호가 두 개의 돼지고기 김치 찜을 다 먹어보고 고개를 갸웃거렸다.

"이상하네?"

그 말에 용식이가 두 눈을 부릅뜨고 소리쳤다.

"맛이 이상하긴 뭐가 이상해! 장모님… 아니, 저기 하율 씨 어머, 어버버! 율이 어머님께서 만든 음식인데!"

"그게 아니구요, 형님. 돼지고기 김치 찜이 두 개가 맛이 달라요."

"뭐? 그거 같은 집에서 사 온 건데, 그럴 리가."

용식은 두 대접의 국물을 모두 맛봤다. 그러더니 영호와 같은 반응을 보였다.

"정말 그러네? 저쪽 상에 있는 게 더 맛있는데?"

똑같은 돼지고기 김치 찜을 두 대접에 나눠 담았을 뿐인데 맛이 다를 리 있나? 용식의 말을 쉽사리 믿지 못하겠던 다른 사람들이 전부 두 요리를 다 맛보았다.

"다르지?"

용식이 물으니 일제히 고개를 끄덕였다.

용식은 한 번 더 두 대접의 국물을 음미하고서는 말했다.

"대접 바꿔."

이걸로 확실해졌다.

용식의 앞에 있는 대접보다 저 멀리 떨어진 대접에 담긴 게 훨씬 맛있다.

대접을 바꾸라는 얘기에 용식과 같은 상에 앉은 이들은 속으로 쾌재를 불렀고, 다른 상에 앉은 이들은 이를 갈았다.

하지만 어느 안전이라고 명령을 거역하겠는가.

용식이파에서 하극상은 곧 죽음이다.

하극상이 허용되는 유일한 인물은 전율밖에 없었다.

두 대접의 위치가 바뀌고 용식의 수저가 전보다 두 배는 빠르게 움직였다.

이에 질세라 주변에 있던 녀석들도 돼지고기 김치 찜을 집중 공략하기 시작했다. 상에서 멀리 떨어진 녀석들은 틈새를 공략해 어떻게든 고기 한 점, 김치 한 조각, 국물 한 번을 더 떠먹기 위해 난리를 벌였다.

거의 전투를 방불케 하는 장면이었다.

식사가 시작된 지 채 5분도 지나지 않아 이유선의 돼지고기 김치 찜이 바닥났다.

전율은 씩 웃으며 이유선에게 잘 보았냐는 시선을 던졌다.

이유선은 조금 어안이 벙벙한 얼굴이었다.

'맛집 요리보다 내가 한 게 더 맛있다고? 진짜?'

용식이파 식구들은 행복식당의 돼지고기 김치 찜엔 시선도 주지 않고 비어버린 대접만 보면서 숟가락을 쪽쪽 빨았다.

"아무래도 좀 더 드려야겠는데요, 어머니."

전율의 말에 용식이 반색했다.

"더 있냐?"

"네, 더 있어요."

"이럴 줄 알았으면 대짜로 두 개 사 올 걸 그랬다. 근데 얘랑, 쟤랑 왜 맛이 다른 거야?"

용식이 숟가락으로 두 개의 대접을 가리키며 말했다.

궁금해하는 그에게 전율이 해답을 알려주었다.

"하나는 우리 어머니가 만든 거거든요."

"…뭐?"

"속여서 미안해요. 우리 어머니가 만든 것과 맛집에서 사온 것, 둘 중에 뭐가 더 맛있는지 알아보고 싶었어요."

전율의 그 말은 좌중을 무겁게 짓눌렀다.

'이런 젠장, 좆됐다. 당연히 맛있게 먹은 게 맛집에서 사 온거겠지!'

용식은 어쩔 줄 몰라 하는 얼굴로 이유선과 하율의 눈치를 슬금슬금 살폈다.

하율을 보는 순간 첫눈에 반해, 어떻게든 좋은 모습만 보여주고 싶었다.

그런데 식당에서 사 온 걸 다 먹어치우고, 전율의 어머니가 만든 음식엔 손도 대지 않았으니 분명 이건 밉상 짓을 자초한 꼴이다.

"그, 그게! 사실 얘 말고 쟤가 더 맛있……."

허둥지둥대던 용식이 진짜로 실수를 하려던 순간, 전율이 그의 말을 잘라 살려주었다.

"형님이랑 직원분들이 싹 비운 대접에 담겼던 게 우리 어머니가 만든 거였어요."

"진짜?"

"네."

그 놀라운 반전에 용식이派 사람들이 술렁댔다.

"와… 맛 장난 아니던데."

"그러게. 우리가 김치 찜 사러 갔던 식당에 사람 겁나 많았잖아? 그럼 진짜 끝내주는 맛집이라는 건데……."

"상대적으로 너무 맛없게 느껴지는 저 김치 찜이 그 맛집 거라니."

"저것도 분명히 맛은 있어. 근데 율이 어머니가 만든 게 너무 맛있어서 손이 안 간다."

"나도 그래."

용식이派 사람들이 자기들끼리 주고받는 이야기를 이유선은 전부 다 들었다.

그녀가 믿기지 않는다는 시선으로 전율에게 물었다.

"사전에 다 짜고 치는 고스톱 아니야?"

"그럼 어머니가 직접 맛집 김치 찜 맛 좀 보세요."

이유선이 슬그머니 상으로 다가와 용식의 숟가락을 빼앗아 행복식당의 김치 찜 국물을 떠먹었다.

그러더니 잠시 동안 맛을 음미하며 아무런 말이 없었다.

"엄마, 어때요?"

이유선의 곁에서 반응을 기다리던 하율이 더 참지 못하고 물었다.

이유선은 멍한 얼굴로 대답했다.

"내가 한 게 더 맛있는데?"

"정말요?"

"응."

"저기 어머니."

용식이 이유선을 불렀다.

"네?"

"김치 찜 좀 빨리 더 주시면 안 될까요? 현기증 날 것 같아요."

"아, 내 정신 좀 봐."

이유선이 빈 대접을 치워 버리고 남아 있는 김치 찜을 냄비째로 내놓았다.

그러자 용식이파 사람들은 환호하며 너도나도 숟가락을 담갔다.

그 광경을 전율이 뿌듯하게 바라보며 이유선에게 말했다.

"어머니, 이제 제 말 믿겠어요?"

"…응."

"식당 해도 되겠죠?"

"내가 음식을 이렇게 잘했었니?"

"잘한다니까요."

"네 아버지가 사업 말아먹는 바람에 근 십 년 동안 외식을 거의 못 해봐서 어디 비교할 데가 있어야 말이지. 난 꿈에도 몰랐잖니."

그 와중에 전대국을 디스하는 이유선이었다.

어찌 되었든 분명한 건 이유선의 마음속에서 식당 개업에 대한 겁이 점점 사라지고 자신감이 차오른다는 사실이었다.

이유선이 전율을 야무지게 쳐다보며 말했다.

"율아, 엄마 할래. 식당 해도 될 것 같아."

"저야 환영이죠."

"하지만 아직 혼자서는 자신 없어. 네가 많이 도와줘야 돼."

"알바생 구해지기 전까지 요리 외의 것들은 제가 전부 도와드릴게요."

"그래. 까짓 거 해보자. 여태껏 너무 움츠리고 살았어. 그래서 자신감이 사라졌었나 봐. 요리하는 거? 엄마 사실 엄청 좋아해. 사람이 좋아하는 거 하면서 살아야지. 네 아버지도 작곡가 한다고 집에는 두문분출하잖니. 그 바람에 독수공방하느라 밤마다 외로웠는데, 식당 개업 하면 외로울 새는 없겠다, 그치?"

이런 상황 속에서도 이유선은 유머를 잃지 않았다.

그런 이유선이 전율과 하율은 좋기만 했다.

"그럼요. 내일 당장 식당 자리부터 알아볼게요."

모자간의 대화에 갑자기 용식이 끼어들었다.

"목 좋은 식당 자리는 제가 알아봐 드리겠습니다, 어머님!"

"그래주시겠어요?"

"그럼요. 제가 부동산 쪽은 제법 빠삭합니다. 그리고 식당 개업하시면 홍보도 열심히 해드리겠습니다! 우리 파 애들! 아, 아니, 우리 회사 직원들은 무조건 하루에 한 끼는 그 식당에서 해결하겠습니다!"

"찬성입니다!"

"저도 찬성이요! 이런 김치 찜이라면 평생 먹으라 해도 먹겠어요!"

사람들의 열화와 같은 성원에 이유선의 입가에 미소가 어렸다.

그녀가 진정 행복한 표정으로 자신의 돼지고기 김치 찜을 맛있게 먹는 이들을 바라보며 말했다.

"고마워요, 다들."

*   *   *

이유선이 뜻을 정하자 일은 일사천리로 진행되었다.

용식은 집들이를 하고 돌아간 다음 날 오후, 바로 연락이 왔다.

하룻밤 새 잘 아는 부동산 사장을 붙잡고 술을 먹여가며 가장 목 좋은 자리에 나온 식당 매물을 알아본 것이다.

전율은 이유선과 함께 용식을 만나 매물을 보러 가기로 했다. 그러자 용식이 직접 차를 끌고 전율의 집 앞까지 왔다.

필요 이상의 친절이 부담스러울 법도 했지만 이유선은 남이 베푸는 호의는 쿨하게 받아들였다.

이유선과 전율이 뒷자리에 탔다. 그런데 용식이 출발하지 않고서 계속 집 대문만 힐끗거렸다.

"안 가요?"

전율의 물음에 화들짝 놀란 용식은 어색한 웃음을 물었다.

"가, 가야지. 하하. 근데… 하율 씨는 같이 안 가나 봐?"

"누나는 오늘까지 일 마감해 줘야 해서 바빠요."

"일을 집에서 해?"

"네."

"무슨 일 하시는데?"

집요하게 물어보는 용식에게 전율은 기어코 짜증을 냈다.

"빨리 안 가요?"

"가, 간다, 가, 인마!"

용식도 평소답지 않게 전율에게 버럭하고서는 스스로 놀라 룸미러로 그의 눈치를 살폈다.

'컥!'

전율이 눈에서 레이저를 쏠 기세로 그를 노려보고 있었다.

괜히 발끈해서 소리 질렀다가 본전도 못 찾았다.

'어, 어쩌지? 나중에 한바탕 난리 칠 게 뻔한데.'

용식은 걱정이 되었다. 이런 기분으로는 심장 떨려서 운전도 제대로 못할 판이다.

뒤통수에서 느껴지는 전율의 시선이 무지하게 부담스러웠다.

그때 이유선이 분위기를 전환시켰다.

"우리 하율이 책 번역 일 해요."

"아, 그, 그렇습니까?"

"네. 주로 일본에서 나온 소설 같은 거 많이 번역해요. 일본어 전공했거든요."

"와아~ 외국어를 번역할 정도면 공부 엄청 잘했나 봐요, 어머님."

이유선이 생긋 웃었다.

"일본어만 잘했어요. 다른 과목은 12년을 팽팽 놀기만 한 우리 율이랑 비슷비슷했다니까요."

"어머니, 거기서 왜 갑자기 제 얘기가……."

"이제 궁금한 거 풀렸죠?"

"아? 네, 네! 감사합니다, 어머님! 제가 식당 건물까지 편안하게 모시겠습니다. 거기 아주 목 좋은 자리예요. 춘천 바닥에서 지금 나온 매물 중에 거기보다 좋은 곳이 없을 겁니다!"

용식이 어깨에 잔뜩 힘이 들어가 허세 아닌 허세를 부렸다.

전율은 시선을 창밖으로 돌리며 나직이 한숨 쉬었고, 이유선은 킥킥대며 웃었다.

"왜 웃으십니까, 어머님?"

"목소리가 어디서 많이 들어본 것 같다 했더니 우리가 예전에 키우던 백구 닮았네요."

"백구라면… 개, 개 말입니까?"

"네."

목소리가 개 같단다.

"율아, 기억나지? 너 다섯 살 때까지 마당에서 키우던."

"그럼요. 근데 용식 형님, 이제 보니 얼굴도 백구랑 좀 닮은 것 같은데요?"

생긴 것도 개 같단다.

"푸흐흐흐흐!"

이유선이 자지러지며 전율의 어깨를 탁탁 때렸다.

"…출발하겠습니다."

용식은 다시 힘이 빠졌다.

*   *   *

"와~ 정말 좋네요."

"그렇죠, 어머님?"

"네."

이유선은 용식의 차에서 내리는 그 순간부터 감탄을 했다.

용식이 전율 모자를 데리고 온 곳은 젊은 사람들이 많이 다니는 강림대 후문 먹자골목이었다.

먹자골목은 그 별명처럼 식당들이 즐비하다.

그만큼 한식, 중식, 일식, 양식, 퓨전식 등등 식당들이 파는 음식의 종류도 다양하고, 겹치는 분야도 많다.

먹자골목은 유동 인구가 많아 어느 정도 맛만 있으면 식당이 망해 버리는 경우까지 가진 않는다.

물론 망하지 않는다는 말이 돈을 벌 수 있다는 말과 일맥상통하는 건 아니다.

사실 먹자골목의 식당들 중 돈을 많이 벌어들이는 건 몇되지 않는다.

나머지 식당들은 조금씩 단골이 늘어나 하루하루 갈수록

더 나은 수익을 벌어들이길 기대하며 현상 유지나 하는 게 고작이었다.

그조차도 안 되는 식당들은 문을 닫아버린다.

한마디로 먹자골목에 터를 잡는다 해도 음식이 맛있지 않으면 성공할 수 없다는 말이다.

식당이 빠져나간 자리엔 얼마 안 있어 새로운 식당이 들어서곤 한다.

그런데 지금 매물로 나온 자리는 장사가 안돼서 이사를 간 게 아니라, 잘돼서 벌 만큼 벌고 내놓은 것이었다.

노부부가 20년간 자리를 지켜온 식당이었는데 슬하에 자식이 한 명도 없었기에, 여생은 즐기면서 살 거라고 과감히 정리해 버렸다.

보통 대박이 났던 식당 자리는 나오자마자 거래되는 경우가 굉장히 많았다.

이 식당도 경쟁자가 수두룩했다.

하지만 용식이 부동산 업자를 술로 달래고 말래 달래고 돈까지 꽂아줘 가며 승리를 거머쥔 것이다.

전율을 위해서? 틀린 말은 아니다. 하지만 용식의 머릿속엔 이제 전율보다 하율이 더 크게 자리 잡고 있었다.

어떻게든 하율에게 점수를 따기 위해서 이토록 노력을 했는데, 막상 오늘 이 자리에 하율만 쏙 빠지니 덩달아 용식의 기운이 쏙 빠지는 느낌이었다.

그래도 가게 목을 둘러보며 쉬지 않고 좋다 말하는 이유선을 보면 저도 모르게 입꼬리가 말려 올라갔다.

'그래, 자고로 미인을 얻고 싶으면 그 부모에게 잘해야지. 암! 내 이 노력을 하율 씨가 분명히 알아주시겠지!'

맘을 굳게 먹은 용식이 축 처진 기분을 탁 털어버렸다.

그가 큰 유리창 너머로 보이는 가게 내부를 가리키며 말했다.

"가게 안 좀 보세요, 어머님. 제법 넓죠? 테이블이랑 의자도 그대로고 주방도 원주인이 쓰던 것 그대로예요. 근데 좀 오래된 것들이라 많이 낡긴 했습니다. 마음에 안 드시면 새로 사서 들여놓으면 되구요. 주방 기구들은… 아무래도 새로 놓는 게 좋을 것 같습니다. 오래되면 사고 위험이 좀 있으니까요."

"음~ 주방 기구만 바꾸고 테이블이랑 의자는 낡은 것 그대로 놔두는 게 좋겠네. 운치 있고 좋잖아요?"

"그렇죠? 저도 그렇게 생각했습니다! 하하하하!"

용식은 지금 이유선이 뭐라 말하든 다 좋다고 할 기세였다.

용식의 속이 뻔히 보이는 행동에 전율은 고개를 절레절레 저었다.

'내 동생을 넘겨줄까 보냐.'

속으로 그렇게 생각했지만 입 밖으로 내놓지는 않았다. 어찌 되었든 용식의 도움을 많이 받은 건 분명하니까 당분간은 제멋대로 기분 좋은 상상을 하도록 놔둘 셈이었다.

"율아, 엄마 정했어. 여기로 할래. 근데 너무 비싸면 어떡하지?"

"돈은 걱정하지 마세요, 어머니."

"그래도 어떻게 걱정을 안 해? 네가 빚도 갚고 새집도 샀는데. 엄마랑 아빠는 한 푼도 보태주지 못했는걸? 그 와중에 식당까지 얻어준다는데 엄마도 염치 있는 척은 해야지."

"그런 건 제가 다 알아서 할게요. 어머니는 그냥 열심히 음식 만들 생각만 하세요."

"그럼 엄마 이번에도 우리 장남이 해주는 선물 그냥 받는다?"

"얼마든지요."

*　　　*　　　*

전율은 용식과 함께 부동산 업자를 찾아갔다.

이유선은 집에 내려주고 왔다. 혹여라도 건물 가격 때문에 부담스러워할까 봐 같이 오지 않은 것이다.

부동산에는 미리 연락을 받은 건물주 노부부가 와 있었다.

노부부가 제시한 건물의 가격은 권리금까지 포함해서 총 3억이었다.

실평수 30평에 40석에다가 기존의 기구들은 전부 넘겨준다는 점, 맛집으로 소문이 났었고 목이 좋은 것을 감안하면 대단히 저렴한 가격이었다.

노부부는 큰 욕심을 부리지 않고 그들에게 합리적인 가격을 제시한 것이다.

전율은 매매 계약서 작성 후 당장 돈을 지불한 뒤, 건물을 넘겨받았다.

다음 날부터 본격적으로 식당 내부 인테리어 작업에 들어갔다.

이유선의 바람대로 홀에 있는 것들은 너무 지저분한 경우가 아닌 이상 최대한 기존의 모습을 보존해 두기로 했다.

다만 주방은 돈을 들여 모든 기구를 최신식으로 싹 갈아치웠다. 그리고 메인 상품인 돼지갈비 김치 찜 요리에 필요한 조리 기구와 식기구들을 구입했다.

수저도 낡고 찌그러진 게 많아 전부 새것으로 바꿨다.

이후에는 간판을 제작하기로 했다.

기존에 있던 식당이 사라지고 새로운 식당이 들어설 때 가장 먼저 해야 하는 것이 바로 간판을 다는 일이다.

간판을 달고 내부 작업을 진행하면 근처를 오가는 사람들이 어떤 걸 파는 식당이 들어오는 건지 인지하고 나중에 찾아오는 경우가 많기 때문이다.

그러니까 '우리 이런 식당을 열 겁니다~'하고 알려주는 일종의 홍보였다.

전율은 이유선에게 식당의 이름을 무엇으로 할 것이냐 물었다.

"음… 유리식당 어떨까?"

"무슨 뜻이에요?"

"우리 새끼들 이름에서 딴 거지. 전율이, 하율이, 소율이. 율. 이. 빨리 읽으면 유리. 그래서 유리식당. 좋지?"

간판을 달아 가게 홍보를 할 생각이었는데 유리식당이라고 해버리면 전혀 홍보 효과가 없었다.

무엇을 파는 건지 알 수 없기 때문이었다.

하지만 이유선이 원하는 일이니 전율은 그 이름 그대로 간판을 제작하기로 했다.

다만 제작 업체에 가게 이름 밑에다 낡은 양은 냄비에 담긴 돼지 한 마리를 그려달라고 의뢰했다.

식당의 내부 공사는 무리 없이 진행되었고 생각했던 것보다 빨리 끝났다.

남은 건 메뉴판이었다.

큰 메뉴판을 주문 제작해 가게 벽에 걸고 테이블마다 놓을 수 있는 작은 메뉴판을 만들어 비치했다.

메뉴판에 적힌 메뉴는 돼지고기 김치 찜 소짜, 중짜, 대짜

와 돼지고기 김치찌개 한 냄비, 공깃밥, 각종 주류와 음료수가
전부였다.

이것으로 오픈 준비는 끝났다.

남은 건 이유선이 식당에 익숙해지는 일뿐이었다.

다행스럽게도 이유선은 식당에서 알바를 한 경험이 많아
이틀 만에 자기 안방처럼 편해질 수 있었다.

2009년 5월 10일.

마침내 유리식당이 개업을 했다.

기존에 있던 맛집이 사라지고 새로운 식당이 들어온 것에
일부는 한숨을 쉬었고, 일부는 그 맛이 궁금해 발걸음을 했
다.

용식도 자기네 식구들을 모두 데리고 와 테이블을 채워주
었다.

첫날은 모든 메뉴 반값 서비스 이벤트를 벌였다.

원래 오픈발이라는 게 있다.

새로 생긴 식당엔 그 맛이 궁금한 사람들이 종종 들르는
경우가 많다. 게다가 반값 이벤트까지 하니 사람들의 발길은
끊이지 않고 이어지는 게 맞았다.

그런데 어쩐 일인지 손님들의 발걸음이 뜸했다.

이유선을 도와 홀에서 서빙 일을 맡고 있던 전율은 슬슬
걱정이 들었다.

아무리 이유선의 솜씨가 좋더라도 식당에 와서 맛을 봐야 그걸 안다.

한데 손님이 이렇게 간헐적으로 와서는 문제가 있었다.

물론 전율은 이유선의 손맛을 믿으니 언젠가는 입소문이 퍼져 식당이 잘될 거란 믿음이 있었다.

하지만 이왕 시작하는 거 처음부터 성황을 누렸으면 하는 바람이었다.

이유선이 과연 입소문이 날 때까지 버틸 수 있을까 하는 걱정 때문이었다.

식당은 아무나 하는 게 아니라며 겁냈던 이유선이다. 그런데 개업식 날부터 이런 식이면 힘이 빠지는 건 물론이요, 단골이 늘어나기 전까지 애써 붙들었던 용기까지 놓아버리게 될까 겁났다.

'원인이 뭐야?'

전율은 식당 밖으로 나와 주변을 살폈다.

식당 앞에서는 점심때 찾아와 끼니를 해결한 용식이파 식구들이 두 시간 동안 열심히 호객 행위를 하고 있었다.

저 정도로 열심히 호객 행위를 하면 손님이 제법 찾아들 법도 한데 뭐가 문제인가 싶었다.

그런데 문제가 있었다.

"어이 거기 커플! 그림 좋네~ 여기 식당 들어와서 끼니 좀 해결하고 가지? 어?"

"거기 아자씨! 어제 술 자셨소? 코가 아주 새빨간디, 루돌프가 와서 친구하자 하겠소! 여기 오늘 새로 오픈한 맛집인디 들어와서 해장하고 가소!"

"얘들아, 니들 고딩이지? 사복 입고 싸돌아댕겨도 내 눈은 못 속인다. 점심은 먹었냐? 먹었다고? 한 끼 더 먹어. 여기가 끝내주는 맛집인데, 들어와서 먹으면 내가 몰래 소주 한 병 서비스 줄게."

"……."

전율은 할 말을 잃었다.

용식은 호객 행위를 하는 자기 식구들을 한 걸음 떨어져서 뿌듯하게 바라보고 있었다.

"잘한다, 내 새끼들! 그렇게만 해. 아주 그냥 우리 장모님 가게가 손님들로 미어터지도록 만들어 버리란 말이야! 으하하하하하!"

전율은 어처구니가 없었다.

네 눈에는 호객 행위 하는 식구들만 보이고 파리 날리는 가게는 안 보이냐고 따지고 싶은 심정이었다.

자아도취에 빠져 있는 용식에게 전율이 다가갔다.

"용식이 형님."

"그래, 율아. 지금 보이지? 내 동생들이……."

"네. 동생들 때문에 식당에 손님이 하나도 없는 게 아주 잘 보이네요."

"어? 왜 손님이 없어?"

"저렇게 험악한 면상 가진 인간들이 시비 거는 투로 식사 한번 하고 가라는데 들어오고 싶겠습니까?"

"그, 그런가?"

용식은 그제야 식당 내부를 확인하고서 뭔가 잘못돼도 톡톡히 잘못됐다는 걸 인지했다.

'조, 좆됐다!'

전율의 눈을 슬쩍 보니 이미 화가 머리끝까지 오른 모양이었다.

자기 딴에는 돕겠다고 했던 일이 오늘 오픈한 식당을 망조들게 할 상황이었다.

용식이 부리나케 동생들을 수습했다.

"얘, 얘들아! 그만 가자!"

"왜요 형님? 조금 더 하다 가죠! 이거 재미있어요!"

"염라대왕 앞에 가서 살아생전 참 재미있는 일 많이 겪었다고 하고 싶지 않으면 당장 가자고."

용식이 안색을 확 굳히고서 말했다.

그러자 용식의 식구들이 분위기를 파악하고 후다닥 모여들었다.

"한 놈, 두식이, 석 삼, 너구리… 빠진 놈 없지? 그럼 율아, 우, 우리 갈게. 밥 잘 먹었다. 내일 또 올게."

"와서 밥만 먹고 가세요. 호객 행위 한 번만 더 하면 다 죽여 버립니다."

"아, 아이, 진짜! 말을 또 그렇게 섭섭하게 해! …밥만 먹고 갈게. 다, 다음에 보자. 가자, 애들아!"

그렇게 용식이파 식구들은 떠나갔다.

하지만 그들의 무례한 호객 행위는 이미 소문이 퍼질 대로 퍼졌다.

식당 이미지가 졸지에 안 좋아져서 걸음을 하는 이가 별로 없었다.

전율은 식당을 살릴 방도를 고민하는 게 우선인지, 미래대부를 쳐들어가 용식이파 놈들을 조지는 게 우선인지 갈등했다.

그런데 그때.

딸랑—

식당의 문이 열리며 환한 빛이 쏟아져 들어왔다.

이제 곧 땅거미가 몰려올 늦은 저녁인데 아직까지 해가 떠 있을 리는 없었다.

그 빛은 하늘에서 내려오는 게 아니었다.

식당으로 들어서는 한 명의 여인에게서 흘러나왔다.

형광등을 백만 개나 켠 듯한 아우라의 주인공.

그녀는.

"안녕하세요, 율 씨! 어머님 식당 오픈했다는 소식 듣고 찾아왔어요! 더 일찍 올라 그랬는데 스케줄이 워낙 지옥 같아서, 헤헤. 아무 데나 앉으면 되죠?"

"어… 그래."

요즘 한창 주가를 올리고 있는 대형 신인 유리아였다.

Chapter 32.
다시 열린 마스터 콜

사람들은 처음에 유리아가 유리식당으로 들어섰는지도 몰랐다.

매니저를 대동하지도 않고 혼자서 너무나 당당하게 걸음을 하니, 그저 닮은 사람 정도로 생각했던 것이다.

하지만 유리아는 식당에 손님이 없는 걸 보고 당장 SNS에 인증샷을 찍어 올렸다.

물론 그럴듯한 멘트도 잊지 않았다.

—짜잔~! 여기는 레드 슈즈의 작곡가이신 오들리 님의 아내분께서 개업하신 유리식당이에여! 돼지고기 김치 찜 짱 맛

나)_〈♡ 내가 여태껏 먹어봤던 중 단연 최고! 엄지 척! bbbbb! 짱맛X10000! 다들 먹으러 오세용! 맛은 유리아가 보증해여~! ^▽^b

이유선의 손맛이 가득 담긴 돼지고기 김치 찜을 혼자 먹고 있는 사진이 업로드되자 수많은 인파가 갑자기 식당으로 몰려들었다.

그들은 너도나도 유리아에게 몰려와 사인을 부탁했다. 함께 인증샷을 찍어달라는 팬들도 많았다.

평소 팬들의 요구에 잘 응해주기로 유명한 유리아였다. 그녀는 아무리 피곤해도 팬들에게 짜증을 내거나, 무시한 적이 한 번도 없었다.

지쳐서 파김치가 되었어도 손을 흔들어주고 미소를 지으며, 고마운 마음에 보답하려 노력했다.

그래서 더더욱 유리아의 팬들이 벌 떼처럼 식당으로 몰려든 것이다. 당연히 그들은 예전처럼 상냥하게 팬들을 반겨주는 유리아의 모습을 기대했다.

하지만 그 기대는 무참히 무너졌다.

유리아는 누구의 요구에도 선뜻 사인을 해주지 않으며 이렇게 선포했다.

"식당에서 음식 주문하시는 분한테만 사인해 드릴 거예요. 이런 식으로 사인만 해드렸다간 제가 지인의 식당 개업식 날

와서 민폐만 끼친 게 된다구요. 그래도 좋겠어요?"

유리아의 말을 들으니 그도 맞는 얘기였다.

팬들은 유리아가 지인의 식당에서 민폐녀로 남기를 바라지 않았다.

그들은 너도나도 테이블에 자리를 잡고 앉아 부지런히 음식을 주문했다.

조금 전까지만 해도 텅 비어 있던 40석이 유리아의 팬들로 만석을 이뤘다.

바쁘게 주문이 밀려들었고, 덩달아 전율과 이유선도 바빠졌다.

그때 마침 하율과 학교를 마친 소율이 식당에 찾아왔다.

두 딸도 식당이 돌아가는 분위기를 보고서는 두 팔을 걷어붙였다.

그제야 유리아도 기쁜 마음으로 팬들에게 사인을 해주었다.

팬들은 사인을 받고 나서도 유리아의 곁에서 떨어질 줄을 몰랐다. 같이 사이좋게 셀카를 찍고, 작은 스킨십이라도 해보기 위해서 악수를 청하는가 하면, 레드 슈즈를 불러달라는 요청까지 쇄도했다.

유리식당의 홀에서 유리아의 작은 팬미팅이 벌어진 것이다.

"언니~ 정말 예뻐요~!"

"저 아직 고딩이에요~! 언니 아니에요!"

"유리아, 사랑해요!"

"저도 사랑해요!"

"정규앨범 나오면 꼭 살게요!"

"사서 우리 회사 찾아오시면 사인해 드릴게요!"

"나랑 결혼해 줘!"

"전 아직 결혼 생각 없어염!"

"유리아도 화장실 가요? 안 간다고 해줘요!"

"그런 환상은 노노해!"

유리아가 팬들의 얘기에 하나하나 대답해 주는 사이 주문한 음식들이 차례대로 나왔다.

전씨네 삼남매가 열심히 서빙을 해서, 비어 있던 테이블이 맛있는 음식들로 가득 찼다.

"이제 식사할 시간이에요. 저 어디 안 가니까 일단 식사부터 하세요~!"

유리아의 팬들은 어린아이마냥 그녀의 말을 잘 들었다.

다들 자기 테이블에 앉아 식사를 시작했다.

물론 음식이 먹고 싶은 건 아니었다. 어떻게든 유리아와 함께하는 시간을 갖기 위해서 그냥 먹는 것이다.

팬들의 신경은 수저가 국물에 담기는 그 순간까지 콩밭에 가 있었다.

그런데 수저가 입안으로 들어오면서 홀의 분위기가 일제히 바뀌었다.

"…어?"

"뭐야, 이거?"

"와! 졸맛!"

이유선의 돼지고기 김치 찜과 돼지고기 김치찌개가 단 한 번 입에 들어가는 것만으로 모든 이의 관심을 유리아에게서 음식으로 돌려놓았다.

조금 전까지만 해도 유리아의 팬들이었던 이들이 지금은 가게의 손님이 되었다.

"나 태어나서 이렇게 맛있는 거 처음 먹어봐."

"나도……."

"오빠네 어머니가 해준 것보다 더 맛있어, 이거."

"인정하긴 싫지만 인정 안 할 수가 없다, 지혜야."

"아버지, 이거 진짜 맛이 미쳤네요."

"부자지간에 유리아 보러 왔다가 이게 무슨 횡재냐. 나 지금 유리아가 눈에 안 들어온다."

손님들은 하나같이 음식에 대해 극찬을 늘어놓았다.

이어 새로운 주문이 밀려들었다.

"찌개 하나 더 주세요!"

"김치 찜 대짜 포장해 주세요!"

"여기 공깃밥 하나 더요!"

"김치 찜도 먹을래, 우리? 이렇게 맛있는 걸 찌개 하나로 나눠 먹기엔 내 미식 세포와 양심이 허락지 않는다."

"시켜, 시켜! 사장님! 찜 소짜랑 소주 하나 추가요!"

"그렇지! 소주도 나와야지!"

식당에 들어온 이유가 유리아였던 손님들이었기에 두셋이 테이블 하나를 잡고 앉아도 달랑 찌개 한 그릇만 시킨 이들이 반 이상이었다.

그런데 그들이 재차 주문을 하고 있었다.

포장을 부탁하는 손님들까지 생겨났다.

이 광경을 가게의 유리창 너머로 다른 이들이 지켜보고 있었다.

"뭐야? 유리아가 잊어질 만큼 대단한 맛이야?"

"그러게. 뭔가 이상하게 돌아간다."

"선배, 나 지금 유리아를 봐야 할지, 김치 찜을 봐야 할지 판단이 안 서네."

"나한테 묻지 마. 나도 정신없어 죽겠으니까."

전율과 하율, 소율은 손님들의 반응에 입이 귀에 걸렸다.

주방에서 음식을 준비하는 이유선도 시종일관 미소가 얼굴에서 사라지지 않았다.

혼자 그 많은 주문을 소화하려니 몸이 고단할 법도 한데,

그녀는 너무나 즐거울 따름이었다.

　홀에서는 연신 음식에 대한 감탄이 이어졌다.

　밖에서 구경하던 이들 중 중년 사내가 더 이상 기다리지 못하고서 문을 열고 소리쳤다.

　"사장님! 오래 기다려야 돼요?"

　"네, 조금 기다리셔야 할 것 같네요. 죄송합니다."

　전율이 최대한 정중하게 중년 사내를 달랬다.

　중년 사내는 홀에 가득 퍼진 음식 냄새를 쿵쿵거리며 맡더니 입맛을 다시며 열었던 문을 닫았다.

　이후부터 유리아의 존재는 손님들에게서 거의 모두 잊혔다.

　덕분에 그녀는 자기 자리에 앉아 느긋하게 식사를 즐길 수 있었다. 그러는 동안 다른 테이블들은 손님이 빠지고 채워지기를 반복했다.

　빈자리가 나면 바로바로 새로운 손님이 들어왔다.

　누가 시킨 것도 아닌데, 가게 밖엔 수많은 사람이 질서 있게 줄을 서서 차례를 기다리고 있었다.

　전율은 잠깐 짬이 날 때 서비스 음료수를 들고 가 유리아에게 건네주었다.

　"고마워. 덕분에 가게가 살아났어."

　"에이~ 저 아니었어도 이 정도 맛이면 충분히 대박 났을걸요? 입소문이 얼마나 무섭다구요. 요샌 SNS도 있어서 소문이 더 빨리 퍼져요."

"그래도 오늘 이런 상황은 순전히 네 덕이야."

"그렇게 고마우면~ 바쁜 거 알지만 김치 좀 대짜 포장해 갈 수 있을까요?"

"얼마든지."

"아… 잠깐만요. 근데 나 카드 없는데. 얼마 가져왔더라?"

유리아가 급하게 지갑을 꺼냈다.

아직 그녀는 미성년자인지라 돈 관리를 스스로 하지 않고 모두 같이 사는 할머님께 드리는 실정이었다.

그녀의 부모님은 어렸을 때 사고로 돌아가셨다.

그래서 할머니와 둘이 한 집에 살고 있었다.

유리아가 버는 모든 돈은 할머니의 이름으로 된 통장에 입금이 된다. 할머니는 그 돈이 귀하고 아까워 한 푼도 쓰지 못하고서 고이 모셔두었다.

가끔 유리아가 용돈이 필요하다 할 때만 빼서 줄 뿐이었다.

아무튼 그렇다 보니 오늘도 유리아의 지갑 속엔 할머니에게 받아 온 용돈밖에 없었다.

그런데 맛있는 음식을 먹다 보니 할머니 생각이 나서 포장해 가고 싶어진 것이다. 문제는 현금이 별로 없다는 것.

지갑을 뒤적거리는 유리아를 전율이 말렸다.

"돈은 안 내도 돼."

"네? 어떻게 그래요. 이렇게 맛있는 음식을 먹고."

"오늘뿐만이 아니라 넌 언제 와도 공짜야. 아무 때나 와서 마음껏 먹고 가도록 해. 물론 같이 오는 일행도 공짜고."

"아니에요. 그렇게까지 안 하셔도 돼요."

"너는 충분히 그런 대접을 받을 만한 일을 했어. 그러니 부담스러워하지 말고 그냥 받아. 계속 고집부리면 다음부터는 식당에 발을 들이지 못하게 할 테니."

"앗, 치사해요!"

"지갑부터 넣고."

"…알았어요."

결국 유리아가 졌다. 하지만 그녀는 이내 시무룩한 얼굴을 풀고 배시시 웃었다.

"앞으로 많이 얻어먹을게요. 평생 공짜 쿠폰 발행하신 거 후회해도 난 몰라요."

"그래."

평생 무료 고객이 된 유리아는 식사를 마친 뒤, 김치 찜 대짜를 포장해서 떠났다.

하지만 유리아가 떠난 이후에도 식당은 몰려드는 손님들로 인산인해를 이루었다.

유리식당을 찾은 손님들 중 팔십 퍼센트 이상은 다음에도 꼭 재방문할 것을 다짐했다.

식당이 성공하기 위해 가장 중요한 요소는 음식 맛을 본 손님들의 재방문 의사가 있느냐 없느냐 하는 것이다.

때문에 유리식당은 이제 망할 일은 절대 없을 것이라 봐도 무관했다.

밤 열한 시.

오늘 하루 동안 준비해 두었던 모든 식재료가 동이 났다.

그럼에도 아직 가게 밖에 늘어선 줄은 길었다.

전율은 어쩔 수 없이 사람들에게 내일 다시 찾아와 달라 양해를 구해야 했다. 사람들은 아쉬워하거나 짜증을 내며 돌아갔다. 하지만 전율은 안다. 오늘 떠나간 이들 중 반 이상은 다시 식당을 찾을 것이라는 걸.

전율 역시도 맛집에 들어가기 위해 줄을 섰다가 그냥 돌아갔던 경험이 있었다. 물론 짜증이 났다. 하지만 얼마나 맛있어서 그러는지 보자! 라는 심정으로 꼭 다시 찾게 되었다.

물론 그랬을 때 음식이 맛없다면 더 화가 난다. 그러나 맛이 있다면 전부 용서가 되었다.

오늘 돌아간 이들이 다시 찾아와 음식을 맛본다면 분명 오늘의 짜증이 전부 풀릴 것이다.

어찌 되었든 식당 개업은 성공적이었다.

이대로 내일도 모레도 손님들만 꾸준히 와준다면 그보다 더 좋은 일이 없을 것 같다고 전율은 생각했다.

＊　　　＊　　　＊

밤 열한 시 반.

영업이 끝나고 전율의 가족들만 남아 뒷정리를 했다.

뒤늦게 식당을 찾은 전대국도 뒷정리를 함께 도왔다.

정리가 끝나고 나니 다시 한 시간이 훌쩍 지나가 있었다.

결국 자정이 넘어서야 이유선은 한숨 돌리게 되었다.

"하아, 정신없었네."

"힘들었죠, 어머니."

"힘들기는. 엄청 신났어. 매일매일 이렇게만 됐으면 좋겠다."

"고생했어, 여보."

전대국이 이유선의 손을 꼭 잡고, 따스한 시선을 던졌다.

이유선이 피식 웃으면서 다른 손으로 전대국의 손등을 감
쌌다.

"고생은 요즘 당신이 더 하고 있잖아요. 여전히 곡 만들 때
마다 빠꾸당해요?"

예고 없이 훅 들어온 공격에 전대국이 눈에 띄게 당황해서
는 허둥거렸다.

"아, 아, 아니! 슬슬 감 잡고 있어! 내 욕심만 부려서는 죽도
밥도 안 되겠더라고. 세상이 혼자 사는 게 아니잖아? 더불어

사는 거지. 그래서 앞으로는 작곡할 때 기획사의 의견도 잘 듣고 절충하기로 했어."

"제발 후속곡 좀 빨리 내줘요. 우리 식당에 빵빵 틀어놓게."

"당연히 그래야지! 곧 후속곡 나올 테니까, 걱정 마!"

전대국이 자기 가슴을 탕탕! 치다가 사레가 들려 기침을 했다.

"쿨럭! 쿨럭!"

"하여튼 아빠도 오바가 심하다니까."

소율이 그런 전대국을 타박했다.

그 바람에 가족들 사이에 작은 웃음이 터졌다.

전율은 이 웃음을 두 번 다시 잃지 않으리라 다짐했다.

*　　　*　　　*

온 가족이 다 같이 집으로 들어와 차례대로 씻고 잠자리에 누웠다.

전율도 자기 방으로 들어가 침대 위에 몸을 눕혔다.

새집은 1층의 안방을 전대국과 이유선이, 작은 방 두 개를 하율, 소율이가 나눠 쓰고 있었다.

전율은 2층의 아담한 방 하나를 썼다.

이사 오고 나서 가장 좋은 건 가족들 모두의 방이 생겼다는 것이다.

아닌 게 아니라 소율이도 이제 머리가 커서 사생활을 지킬 수 있는 방이 필요하던 참이었다.

그런데 하율이와 계속 한 방을 써야 했으니 여간 불편한 게 아니었을 터였다.

그러던 차에 새집으로 이사와 자기 방이 생겼다.

새집에서 방을 배정받던 날, 신이 나서 방방 뛰던 소율이의 모습이 떠올라 전율은 이불을 덮으며 피식 웃었다.

"이제, 자자."

잠들기 위해 전율이 눈을 감으려 하던 그때였다.

허공에서 환한 빛이 일어 그의 몸을 감싸 안았다.

마스터 콜이었다.

Chapter 33.
모험가의 필드

전율은 실로 오래간만에 새하얀 공간 속에 서 있었다.

예고도 없이 갑자기 다시 찾아온 마스터 콜이었지만, 당황
스러움보다 반가운 마음이 더 컸다.

그의 앞엔 늘 그렇듯이 두 개의 문이 존재했다.

왼쪽은 그가 클리어한 층을 갈 수 있는 문이고, 오른쪽은
12층으로 향하는 문이었다.

전율이 망설임 없이 오른쪽 문으로 들어서려는 순간, 빛 한
줄기가 하늘에서 내려와 명멸했다.

빛이 사라진 자리엔 레모니아가 서 있었다.

"잘 지냈나요, 전율 님?"

"레모니아."

"반가워요."

"나도 반갑습니다."

전율이 미소를 지었다.

"마스터 콜은 완벽하게 복구되었어요. 이제 데모니아가 쳐들어오는 일은 없을 거예요."

"저번에는 어쩌다가 뚫린 겁니까?"

"마스터 콜을 짧은 시간 동안 급하게 업그레이드시키면서 보안 시스템에 결함이 생겼던 모양이에요. 데모니아가 그것을 귀신같이 포착하고 디멘션 홀에 들어가 베스퍼를 건드린 거죠."

마스터 콜은 전율이 발을 들인 이후부터 빠르게 업그레이드되었다. 현재의 마스터 콜은 이전과 시스템이 상당히 달라져 있었다.

모험자들에게는 더욱 왕성한 성장을 이룰 수 있는 기회가 되었지만, 무리하게 진행된 업그레이드가 보안 시스템의 일시적 결함을 가져왔다.

데모니아는 그 틈을 노려 중심부인 디멘션 홀에 침입한 것이다.

"그랬군요. 어찌 되었든 잘 정리되어서 다행입니다."

"다시 열심히 달려주실 거죠?"

"그래야죠."

"그럼 들어가세요."

레모니아가 오른쪽 문을 가리켰다.

"가볼게요."

"건투를 빌어요."

레모니아가 전율을 미소로 배웅했다. 전율은 고개를 끄덕이고서 오른쪽 문으로 들어섰다.

전율이 사라지고 홀로 남은 레모니아는 그가 향한 문을 보며 나직이 말했다.

"더 빨리 강해지셔야 해요. 당신으로 인해 미래가 변하고 있어요. 지구를, 주변 사람들을 지키고 싶다면 지금보다 더 노력해야 한답니다."

* * *

전율은 석실 벽면에 적힌 퀘스트를 읽어보았다.

타입 : 필드

이름 : 모험가의 필드(지하 12층)

목표 : 생존

제한 시간 : 없음

보너스 : 없음

성공 조건 : 최후의 생존자 3인 안에 들기

실패 조건 : 한 번의 죽음

성공 시 보너스 : 30,000링

실패 시 페널티 : 모험가의 필드에 재도전

이번의 무대도 지하 13층과 같은 필드였다.

"생존이라고?"

목표가 생존이고 제한 시간과 보너스는 없었다. 성공 조건이 '최후의 생존자 3인 안에 들기'인 것으로 보아 필드의 클리어 난이도가 상당히 어려운 모양이었다.

아울러 그 말은 이번의 필드 역시 혼자 하는 퀘스트가 아니라 다른 모험가들과 함께 하는 퀘스트라는 뜻이었다.

퀘스트 목록에서 가장 특이한 사항은 실패 시 페널티였다.

여태까지는 실패할 경우 모험가의 자격을 박탈하는 게 일률적인 페널티였다.

한데 이번만큼은 자격을 박탈당하지 않았다.

다만 모험가의 필드에 재도전해야 한다고 적혀 있었다.

한마디로 모험자의 필드는 클리어할 때까지 계속해서 도전할 수 있다는 말이다.

"얼마나 대단한 몬스터들이 나오길래 목표가 생존인 거야?"

바로 밑의 던전에서 싸웠던 트롤들과 트롤킹 바루안도 상대하기가 영 까다로웠다.

이번에는 과연 어떤 몬스터가 나타날지 궁금해지는 전율이었다.

그때 페이의 음성이 들려왔다.

[마스터 콜에 오신 걸 환영합니다. 12층은 필드 형태이며 파티 플레이가 아닙니다.]

"파티 플레이가 아니라고?"

모험가들이 함께 필드에 입장해서 싸우는데 파티 플레이가 아니라는 건 무슨 얘기인지 알 수가 없었다.

하지만 페이는 전율의 질문에 설명을 하지 않고 자기 할 말만 계속 이어나갔다.

[이번 퀘스트는 마스터 콜에 동시 접속한 모든 모험가가 함께 진행하게 됩니다. 다른 행성에서 마스터 콜을 이용한 모험가 중 전율 님과 동시간대에 12층을 찾은 모험가는 82명입니다. 필드의 입구를 개방합니다.]

텅!

석실의 한 면이 뜯겨 나가고 초목으로 가득한 필드가 나타났다.

전율은 석실에서 나와 주변을 살폈다.

사위 이곳저곳에 한 면이 뜯어진 석실이 즐비했다. 그리고 자신처럼 석실 앞에 서서 두리번거리는 이들이 보였다.

그들 대부분은 인간과 비슷한 형태를 하고 있었지만 몬스터처럼 기괴한 형상을 한 이들도 보였다.

"이 근처에 있는 모험가가 대략 서른 안짝. 그럼 다른 곳에서 퀘스트를 시작한 모험가도 있다는 말이군."

전율이 상황을 파악하고 있을 때였다.

필드에 페이의 음성이 다시금 울려 퍼졌다.

[이번 퀘스트는 파티 플레이가 아니라고 말씀드렸습니다. 그리고 모험가의 필드에 몬스터는 나타나지 않습니다.]

"몬스터가 나타나지 않아? 그럼 뭐랑 싸우면서 생존하라는……."

혼잣말을 흘리던 전율이 눈을 크게 뜨고 다른 모험가들을 살폈다.

"설마."

[이번 필드의 적은 모험가 여러분들입니다. 모두가 서로의 적이 되어 목을 걸고 싸워야 합니다. 즉 서바이벌 미션입니다. 열심히 싸워 최후에 생존한 3인만이 다음 층으로 넘어갈 수 있습니다.]

"역시."
전율의 생각이 맞았다.
모험가의 필드는 모험가들끼리 싸워서 생존해야 하는 곳이었다.

[모험가의 필드엔 제한 시간이 없습니다. 따라서 최후의 3인이 정해질 때까지 필드는 클리어되지 않습니다. 필드에 대한 설명은 여기까지입니다. 퀘스트를 시작하십시오.]

페이의 음성은 그것으로 끊어졌다.
모험가들은 섣불리 행동하지 못하고 서로 눈치만 살피기 바빴다.
전율 역시 마찬가지였다.
하지만 다른 모험가를 해치기가 망설여져서 그러는 건 아니었다. 이런 상황에서 먼저 움직였다간 공공의 적이 되기 십상이기 때문이었다.

전율은 상태창을 열었다.

〈전율 님의 능력치〉

[오러]
랭크 : 4
성장도 : 87%
색 : 파란색
사용 가능 기술 : 오러 피스트(Aura Fist), 오러 애로우(Aura Arrow), 오러 피스톨(Aura Pistol), 오러 버서커(Aura Berserker)

[마나]
랭크 : 5
성장도 : 70%
사용 가능 기술 : 뇌섬(雷殲), 속박뢰(束縛雷), 뇌전(雷電)의 창(槍), 폭뢰(爆雷), 뇌신(雷神)

[스피릿]

랭크 : 4

성장도 : 64%

사용 가능 기술 : 위압(危壓), 호의(好意), 지배(支配), 최면(催眠)

테이밍 가능한 생명체의 수 : 3/7

테이밍된 생명체 : 초백한, 육미호, 디오란

[착용 중인 아이템]

—마갑 데이드릭〈귀속〉 : S급 아티팩트. 제3형태. 250,000링을 흡수하면 성장함

일상 속에서 꾸준히 마나사이펀을 실행하고 스피릿을 사용해 성장도를 제법 올려놓은 상황이었다.

각각의 힘은 랭크가 올라가면 비약적으로 강해지지만, 성장도가 올라가도 강해진다.

"지금의 수준이라면 바루안 정도는 5분 안에 혼자서 잡을 수 있다."

전율은 스스로의 수준을 냉정하게 판단했다.

트롤 킹 바루안을 혼자서, 그것도 5분 안에 잡는 수준이라면 대단한 실력이라고 할 수 있었다.

하지만 문제는 다른 모험가들의 수준을 모른다는 것이다.

일단 실력은 차치하고서라도 전율에겐 유리한 것이 하나 있었다. 그는 혼자 싸우는 게 아니었다. 그에겐 전투용 소환수가 둘이나 되었다.

때문에 혈혈단신 혼자서만 싸워야 하는 모험가들보다는 전율이 유리한 위치에 있었다.

"다들 어떤 수준일까."

전율이 다시 모험가들을 살폈다.

일전에 만난 모험가들은 전율에 비해 그 실력이 현저히 떨어졌었다.

이번의 모험가들도 딱 그만한 수준이라면 전율이 이렇게 망설일 필요는 없었다.

하지만 언제까지고 상황만 지켜볼 수도 없는 노릇이었다.

어떻게 하는 것이 좋을까 고민하던 전율에게 모험가 한 명이 다가왔다.

"무투가인가요?"

그는 20대 중반의 사내였는데 시종일관 눈웃음을 흘리고 있었다. 등에는 강철 방패를, 허리엔 롱소드를 찬 것이 검사인 모양이었다.

전율은 그를 힐끗 바라보고서 아무런 대답도 하지 않았다.

"과묵하신 분이시네요. 제 소개부터 할게요. 이름은 피아센. 다미테니아 대륙 출신이에요. 올해 스물여섯. 보시다시피

직업은 검사구요. 참고로 13층 파티 플레이 퀘스트에서 바루
안의 목을 딴 건 저였죠."

전율은 이유 없이 친절하게 다가오는 피아센이 영 께름칙했
다. 그래서 끝까지 그를 무시하려 했다.

그런데 피아센은 그런 전율을 가만두지 않았다.

"너무 과묵하시네. 이쪽에서 먼저 손을 내밀었으면 잡는 시
늉이라고 해줘요~ 사람 무안해지게."

전율은 피아센에게서 아예 고개를 돌려 버렸다.

"헉! 이제는 완전히 무시? 이 상처받은 가슴이 보여요? 알
았어요, 알았어. 이름? 말 안 해도 좋아요. 나 계속 없는 사람
취급해도 괜찮아요. 그런데 직업이 무투가인 건 맞죠? 뭐 가
지고 있는 무기가 아무것도 없네?"

"맞다."

전율은 귀찮아서 대충 대답하고 말았다.

순간 피아센의 눈이 가늘게 찢어졌다.

"이런, 이거 우연이네요. 제가 여태껏 무투가랑 싸워서 한
번도 진 적이 없거든요!"

피아센이 롱소드를 검집에서 번개같이 뽑았다.

그는 발도함과 동시에 전율의 뒤에서 허리를 벨 셈이었다.

한데.

푸욱!

"…어?"

피아센의 복부를 뚫고 뾰족한 창대가리가 튀어나왔다.

"이거 뭐야……?"

피아센의 눈동자가 파르르 떨렸다. 그의 고개가 천천히 뒤로 돌아갔다. 피아센의 망막에 비린 미소를 머금은 애꾸눈 사내가 맺혔다.

"정말 졸렬하기가 그지없군."

애꾸눈 사내가 창을 거두어들였다.

푹!

"크윽!"

피아센의 복부를 뚫었던 창이 도로 빠져나가며 피가 사방으로 튀었다.

피아센이 구멍 난 배를 손으로 감싸고서 비틀거렸다.

"이 새끼… 치사하게… 기습을."

"치사? 싸움에 그런 게 있나? 게다가 그 치사하다는 짓거리, 네가 먼저 하려 했던 거 같은데!"

푸욱!

"……!"

다시 한 번 번개처럼 움직인 창이 피아센의 목을 꿰뚫었다.

털썩!

피아센이 그대로 쓰러져 쭉 뻗었다.

전율을 기습하려던 피아센은 결국 갑자기 끼어든 불청객에게 죽임을 당하고 말았다.

피아센의 시체가 검은 연기로 변해 사라지고, 그 자리에 마나 하트의 큰 조각이 나타났다.

"오호. 이번 층에서는 링이 아니라 마나 하트를 주는군."

마나 하트는 애꾸 사내의 몸 안으로 흡수되었다.

그러자 애꾸 사내의 왼 손등에 1이라는 숫자가 나타났다.

"그렇군. 이번 필드에서 얻은 마나 하트는 이런 식으로 저장되는 거라 이거지? 당장 사용하지 않아도 되는 거고."

애꾸 사내가 창을 휘둘러 피를 탁 털어냈다.

"내가 괜히 끼어들어 오지랖을 부린 건가?"

"딱히."

사실 전율의 입장에서 보자면 그가 오지랖을 부렸다고 해도 틀린 말이 아니었다.

피아센의 어설픈 기습이 전율을 어떻게 할 수는 없었을 테니 말이다.

하지만 전율은 자신에게 도움을 준 사람한테까지 딱딱하게 대하지는 않았다.

"참 혀가 딱딱한 친구군. 난 '하투만 청'이라고 해. 그쪽은?"

전율은 자신을 하투만 청이라 소개한 사내의 행색을 살폈다.

그는 갈색 터번을 머리에 쓰고 오른쪽 눈엔 가죽 안대를 하고 있었다.

덩치는 전율과 비슷했으며, 피부색이 가무잡잡했다.

그에 반해 입술 사이로 드러난 큼직큼직한 치아는 눈처럼 새하얘서 유독 도드라졌다.

하투만은 큰 회색 망토를 둘렀는데, 망토 사이로 드러난 몸엔 재질을 알 수 없는 흉갑이 착용되어 있었다.

한 손에 든 창은 머리부터 꼬리까지 온통 강철로 만들어진 것으로 대가리와 몸통이 일반적인 창보다 두 배는 굵었다.

'창술가?'

일단 외적인 모습으로는 그가 창술가라는 것, 애꾸눈이라는 것 외엔 파악할 수 없었다.

전율은 자신을 도와준 하투만이 싫지 않았지만, 그렇다고 무조건 그를 받아들이긴 힘들었다. 이런 곳에서의 이유 없는 호의는 조심해야 한다.

입에는 미소를 머금고 있지만 속으로는 무슨 생각을 하고 있을지 모르기 때문이다.

피아센처럼.

"전율."

전율이 하투만에게 자신의 이름을 말했다.

"아, 전율. 어렵지만 발음 못 할 이름은 아니야. 아무튼 이렇게 만나서 반가워. 내가 왜 널 도와준 건지 궁금하지 않아? 사실 알고 있었어. 내가 굳이 도와주지 않아도 알아서 피아센을 처리할 거라는 걸."

"그걸 알면서 왜 나선 거지?"

"지금처럼 내가 네게 호감이 있다는 걸 표현하기 위해서지. 강자는 강자를 알아본다고 하잖아? 대번에 알았어. 전율, 네가 다른 녀석들보다 훨씬 강한 인간이라는 걸 말이야."

"그래서?"

"손을 잡자는 거지. 결국 이 게임은 최후에 살아남는 3인만 통과할 수 있는 거잖아? 그런 상황에서 강자를 알아보지 못하고 덤비다가는 배에 바람구멍 나기 십상이지. 조금 전의 누구처럼. 그런데 난 강자를 알아보는 눈이 있어. 네가 나보다 훨씬 강하다는 걸 뻔히 아는데 덤비는 그런 미련한 짓은 하지 않아."

하투만의 제안이 전율에게 있어서 나쁜 건 아니었다. 서바이벌 미션을 받은 상황에서는 동맹을 만드는 게 무엇보다 중요했다.

실제로 이미 다른 장소에서는 동맹을 맺는 무리들이 우후죽순처럼 생겨나고 있었다.

물론 그 와중에도 4인 이상의 동맹을 맺는 경우는 거의 없었다.

모험가의 필드 클리어 조건은 최후의 3인에 드는 것이다. 한데 4인 이상으로 동맹을 맺었다가 최후까지 살아남을 경우 서로의 입장이 난감해지기 때문이다.

물론 그럼에도 불구하고 많은 인원과 동맹을 맺는 이들도 없진 않았다.

그런 대규모 모임의 리더는 최대한 많은 사람들이 동맹을 맺어 최후의 최후까지 살아남은 다음, 마지막 3인에 들기 위한 방안으로 서로에게 공평한 내기를 하자는 식으로 여러 모험가를 꼬드겼다.

물론 처음에 제시했던 조건이 끝까지 지켜질지는 누구도 모르는 일이다.

그런 걸 판단 못 할 모험가들도 아니었다.

모험가들에겐 저마다 자신감이 있었다.

일단은 큰 무리에 발을 들여 다른 모험가들을 정리한 다음, 자신이 정점에 설 수 있겠다는 그런 자신감이 누구에게나 자리하고 있었다.

어찌 되었든 전율은 큰 무리에 속하는 건 원치 않았다.

나중에 생길 복잡한 문제에 대해 이미 짐작하는 바였다.

그래서 전율은 하투만에게 말했다.

"나와 손잡을 거라면 다른 녀석과 손잡아선 안 돼. 이걸로 끝내야 한다."

하투만은 망설임 없이 고개를 끄덕였다.

"얼마든지. 적어도 이 근방에서 너보다 강한 인간은 보이지 않거든. 자고로 굶지 않는 개는 냄새를 잘 맡는 법이지."

두 사람이 동맹을 맺은 바로 그때였다.

콰아아아앙!

그리 멀지 않은 곳에서 큰 폭발음과 함께 사람의 비명이 들려왔다.

"아악!"

그것은 전쟁의 시작을 알리는 신호탄이었다.

필드에 있는 모든 이가 바짝 긴장해서 폭발이 인 곳으로 이목을 집중했다.

발화한 불길이 잦아든 장소에선 연이어 사람의 비명이 터져 나왔다.

"아악!"

"으아악!"

누군가 앞뒤 가리지 않고 모험가들을 죽여 나가는 중이었다.

"어떤 미친놈이 벌써 설치는 거야?"

전율과 멀리 떨어지지 않은 곳에서 다른 모험가와 동맹을 맺은 사내 한 명이 소리쳤다.

그때 사내의 옆에 서 있던 또 다른 사내가 사이한 미소를 머금는가 싶더니.

푸욱!

"억!"

독이 묻은 단검으로 사내의 심장을 찔렀다.

"이… 무슨……!"

털썩.

독이 빠르게 퍼져 그대로 절명한 사내의 시체를 바라보며 단검을 든 사내, '라메즈'가 키들거렸다.

"그래. 이게 나한테 맞지. 동맹? 그딴 거 집어치워! 여긴 전쟁터야! 남을 죽여야 살아남는 전쟁터라고!"

라메즈는 소리쳐 외친 후 주변에 있던 다른 이들도 단검으로 찔러 죽였다.

"아악!"

"꺅!"

그의 손에 죽임을 당한 이들은 전부 동맹을 맺은 모험가였다.

라메즈는 동료가 되기로 한 자들부터 살해하고 곧장 다른 먹잇감을 찾아 움직였다.

그의 눈에 들어온 이는 다름 아닌 전율과 하투만이었다.

"어? 쟤 이 쪽으로 오는데?"

하투만이 말미에 하품을 쩍 했다.

라메즈의 존재는 하투만에게 아무런 위기감도 주지 못했다.

전율은 단검을 쥐고 들이치는 라메즈를 주시했다.

그와 전율 사이에는 거리가 제법 있었는데, 녀석의 눈이 반짝 빛나는 순간 둘 사이의 거리가 사라졌다.

공간이동이었다.

라메즈의 특수 능력 중 하나가 발동된 것이다.

라메즈는 전율의 후미에서 나타나 독 묻은 단검을 찔러 넣었다.

슈욱!

단검이 바람을 가르며 전율의 등으로 짓쳐 들어왔다.

라메즈의 눈앞엔 이미 바닥을 구르고 있는 전율의 모습이 그려졌다. 하지만 그것은 오로지 그만의 착각이었다.

퍽!

"억!"

먼저 공격한 건 라메즈였는데, 전율의 주먹이 앞서 그를 가격했다.

라메즈는 복부에 격한 통증을 느끼며 뒤로 나가떨어졌다.

전율이 서슬 퍼런 시선을 그에게 던졌다.

"상대를 잘못 골랐다."

나직이 읊조린 전율이 막 일어서려는 라메즈의 턱을 걸어

찼다.

빡!

"아악!"

라메즈가 다시 나뒹굴었다.

'뭐 이런……!'

주먹과 발에 얻어맞았을 뿐인데 라메즈는 정신이 아찔했다.

그가 동맹을 맺은 모험가들을 죽이고, 전율에게 달려든 데에는 그럴 만한 이유가 있었다.

라메즈는 자신이 사는 세상에서 대륙의 강자라 칭해지는 백 인 중 한 명이었다.

그 영광스러운 자리 끝자락에 겨우 이름을 올린 것이긴 하지만, 그래도 라메즈가 강한 건 분명한 사실이었다.

게다가 마스터 콜을 받은 이후로는 빠르게 성장해 지금은 대륙 십존 중 서열 3위의 위치에 이름을 올렸다.

때문에 스스로의 실력에 자신이 있었다.

한데 전율은 그런 라메즈를 어린아이 다루듯 제압했다.

라메즈는 이 황당한 상황에 넋이 나갔다.

라메즈가 어떻게든 정신을 차리고 일어서려 했다. 이대로 당하는 건 말도 안 되는 일이었다.

하지만.

턱.

"흡!"

어느새 다가온 전율이 그의 가슴을 내리눌렀다.

이어 전율의 주먹이 다시 한 번 불을 뿜었다.

뻐어억!

라메즈의 머리가 맨주먹 한 방에 수박처럼 터졌다.

단말마의 비명도 지르지 못한 채 비명횡사한 라메즈의 시신이 사라지고 마나 하트의 조각이 나타났다. 그것은 전율의 몸으로 들어와 흡수되었다. 그러자 하투만이 그랬던 것처럼 전율의 왼 손등에도 1이라는 숫자가 떠올랐다.

모험가를 죽이고 얻은 마나 하트의 조각은 몸 안에 저장되는 시스템이었다.

"휘이익~! 역시 강해."

하투만이 전율에게 다가오며 휘파람을 불었다.

전율이 그를 돌아보니, 하투만은 엄지로 뒤쪽을 가리키며 말을 이었다.

"저쪽은 난리가 났어."

전율이 라메즈를 상대하는 그 짧은 시간 동안 다른 곳에서도 우후죽순으로 전투가 벌어졌다.

동맹을 맺은 그룹끼리 싸우는가 하면, 라메즈처럼 동맹을 깨고 동료를 기습하는 이들도 있었다.

"이제 그냥 싸워야 할 것 같은데?"

하투만의 말에 전율은 고개를 끄덕였다.

"돌아가는 상황이 그렇다면 뛰어들어야지."

그때 처음 일었던 거대한 폭발이 또 한 번 필드를 뒤흔들었다.

콰아아앙!

"그놈 참, 누군지 몰라도 계속해서 요란 떠는군."

하투만이 혀를 끌끌 찼다.

"시끄러운 놈부터 재운다."

전율은 폭발이 이는 곳으로 달려갔다.

모험가의 필드에서는 상대 모험가를 죽이면 마나 하트의 조각을 준다.

따라서 어차피 죽여야 하는 상황이라면 전율이 한 명이라도 더 죽이는 게 이득이었다.

그 말인즉 다른 사람이 모험가를 죽여 나가면 나갈수록 전율이 얻게 되는 마나 하트의 조각이 줄어든다는 것이다.

그래서 전율은 가장 설치는 놈부터 없애기로 했다.

한데 폭발 지점으로 향하는 전율의 앞을 두 명의 모험가가 가로막았다.

황금 갑옷으로 전신을 두르고 대검을 든 남자와 휘황찬란한 마법 지팡이를 든 여자였다.

남자는 거친 기합과 함께 대검을 휘둘렀다.

그의 대검에는 초록빛 오러가 어려 있었다.

여인은 시전어를 외치며 마법 지팡이를 앞으로 내밀었다.

지팡이에서는 뜨거운 불기둥이 쏘아져 나왔다.

달려가는 와중 갑자기 이런 기습을 받으면 쉽게 대처할 수가 없다.

하지만 전율에겐 해당되지 않는 이야기였다.

"오러 피스톨!"

파란색 오러가 어린 전율의 주먹이 앞으로 뻗어나가며 폭발을 일으켰다.

콰아아아아앙!

"아악!"

"꺅!"

오러 피스톨의 어마어마한 충격파는 불기둥을 잠식시키고 앞을 가로 막았던 두 남녀의 육신을 갈가리 찢어놓았다.

"윽! 이런 건 미리 말 좀 하고 사용해, 친구!"

아무 생각 없이 전율의 곁에서 달리던 하투만이 충격파에 온몸을 두드려 맞고 투덜거렸다.

두 사람이 지나간 자리에 생긴 두 구의 시체는 이내 사라졌고, 마나 하트의 조각이 전율의 몸으로 흡수되었다.

그때 멀지 않은 곳에서 다시 한 번 폭발이 일었다.

콰앙!

"으아악!"

이번에도 어김없이 울려 퍼지는 사람의 비명 소리.

전율의 발이 더욱 빨라졌다. 이윽고 폭발이 인 장소에 도착한 전율은 예상치도 못했던 인물의 등장에 눈을 크게 떴다.

쌍검을 들고 주변의 모험가들을 베어 넘기며 불의 힘을 사용하는 수인족.

그는 다름 아닌 카잔이었다.

"후우!"

카잔이 두 명의 모험가를 베어 죽이고 쌍검에 묻은 피를 털어냈다.

더 이상 그의 주변엔 목숨을 부지하고 있는 모험가가 없었다.

두 구의 시체가 사라지며 마나 하트의 조각이 카잔에게 스며들었다.

카잔은 새로운 두 사람의 인기척을 느끼고 쌍검을 고쳐 쥐며 뒤돌아섰다.

하지만 그는 전처럼 거침없이 검을 놀리지 못한 채 굳어버렸다.

"…전율?"

카잔이 전율의 이름을 불렀다.

하투만이 두 사람을 번갈아 보며 물었다.

"뭐야? 둘이 구면이야?"

전율이 차가운 미소를 머금었다.

"구면이지. 이런 데서 만나게 될 줄은 몰랐군."

전율의 말에 카잔의 눈이 매섭게 빛났다.

"재수 없는 새끼. 그날 이후로 한 번도 네 얼굴을 잊은 적이 없어. 언제든 내 칼로 목을 딸 날만 기다리고 있었지. 그런데 이렇게 보게 될 줄이야!"

카잔이 비릿게 웃으며 전율에게 천천히 다가섰다.

하투만이 전율을 힐끗 보고 물었다.

"도와줄까?"

전율은 고개를 저었다.

"나 혼자 조진다."

"휘이익~! 살벌한데? 불똥 튀기 전에 빠져 줄게."

하투만이 두 손을 위로 들어 올리며 전율에게서 물러났다.

"조져? 누가? 네가? 나를? 크하하하하하하!"

카잔이 느닷없이 광소를 터뜨렸다.

그러다 웃음을 뚝 그치고서는 전율을 씹어 죽일 듯 노려봤다.

"그간 내가 어떻게 지냈는지 알아? 너보다 강해지겠다는 일념 하나로 쉼 없이 마스터 콜을 이용했어. 마스터 콜을 할 수 없던 시기엔 현실에서도 수련을 게을리하지 않았지. 그 결과 지금의 난 예전과 비교도 할 수 없을 만큼 강해졌다."

전율이 고개를 삐딱하게 꺾고 그 말을 받아쳤다.

"나는 놀았을까?"

"네가 얼마나 강해졌든 지금의 날 당해낼 순 없다."

"그때보다 헛바닥이 길어진 거 보니 확실히 말로는 당해내기 힘들겠군."

카잔이 이를 빠드득 갈았다.

"언제까지 비아냥거릴 수 있을 것 같아!"

카잔이 전율을 향해 몸을 날렸다.

순간 그의 모습이 사라졌다. 공간이동 같은 게 아니었다. 눈에 보이지도 않을 만큼 빠르게 움직인 것이다.

카잔은 일전에도 스피드가 강점인 검사였다. 한데 그는 지금 전보다 몇 배는 더 빨라져 있었다.

"사라졌어?"

하투만은 카잔의 움직임을 놓치고 말았다.

사라진 카잔은 전율의 측면에서 다시 나타났다.

그의 쌍검이 전율의 옆구리를 노리며 베어 들어왔다. 몸놀림만큼 검도 빨랐다.

어지간해서는 절대로 막을 수 없는 스피드!

그의 검은 음속으로 날아들고 있었다.

예전의 전율이었다면 카잔의 검에 그대로 당했을지도 모르는 일. 하지만 지금의 전율은 오러의 랭크가 오르며 육신의 모든 감각이 예민해졌다.

시각, 청각, 후각, 미각, 촉각이 전부 초인의 경지에 올랐다.

전율의 눈동자가 시간 차를 두고 엑스(X) 자로 교차해 들어오는 카잔의 검을 정확히 포착했다.

공격이 보이니 바로 몸이 반응했다.

오러가 어린 주먹, 오러 피스트를 두 번 휘둘러 쌍검의 날을 쳐 냈다.

카캉!

목표물을 향해 정확히 날아가던 쌍검이 심한 격동을 일으키며 아래로 뚝 떨어졌다.

"……!"

심하게 당황한 카잔이 놀라는 사이, 전율은 반격을 가했다.

쌍검을 쳐 낸 오러 피스트가 카잔의 얼굴을 향해 날아들었다.

카잔은 놀란 와중에도 얼른 자세를 수습해 검을 끌어당겼다. 동시에 고개를 숙여 오러 피스트를 피하고 왼손의 검을 찔러 넣으며 외쳤다.

"버스트!"

콰아아앙!

전율의 복부를 향해 날아들던 카잔의 검 끝에서 강렬한 불꽃이 일며 폭발했다.

버스트의 위력 역시 전보다 몇 배 이상 강력해졌다.

코앞에서 제대로 맞는다면 온몸이 조각나 즉사할 정도의 파괴력을 자랑했다.

"잡았나!"

카잔이 일말의 기대를 품었다.

그 순간 불꽃을 뚫고 주먹 하나가 날아들었다.

퍼억!

"크악!"

카잔은 해머로 얼굴을 얻어맞은 듯한 충격을 받으며 뒤로 날아갔다.

"이깟 불꽃놀이로 뭘 어쩌겠다고?"

전율이 이글거리는 불꽃을 헤치고 나와 카잔의 앞에 섰다.

전율의 몸은 강철수를 복용함으로써 강철처럼 단단해진 상태였다.

게다가 오러의 랭크가 오를수록 육신의 힘이 강해지고 있으니 그 정도의 폭발에는 끄떡도 하지 않았다.

"뭐 이런……."

전율을 보는 카잔의 눈동자가 파르르 떨려왔다.

조금 전까지 그를 얕잡아 봤던 그였다.

한데 지금은 전에 전율에게서 느꼈던 공포가 다시금 되살아나려 하고 있었다.

"이제 끝내자."

전율의 입에서 사형선고가 내려졌다.

＊　　　＊　　　＊

"너 이 개새……!"

"뇌전의 창!"

전율이 내민 손에서 형성된 뇌전의 창이 빠르게 날아가 카잔의 머리를 꿰뚫었다.

쐐애애애액! 퍽!

카잔은 차마 욕설을 다 내뱉지도 못한 채 목 없는 시체가 되었다.

짧은 시간 동안 여러 명의 모험가를 벼 베듯 베어 넘긴 실력치고는 허무한 최후였다.

카잔은 분명히 강해졌다.

전율도 그것을 느꼈다.

하지만 문제는 카잔 이상으로 전율이 강해졌다는 것이다.

하룻강아지 범 무서운 줄 모르고 설친 것의 대가를 카잔은 결국 퀘스트 실패로 돌려받아야 했다.

짝짝짝짝!

하투만이 박수를 치며 전율에게 다가왔다.

"내가 사람은 참 잘 봤지. 멋모르고 덤볐다가는 내가 저 꼴이 됐을 거 아냐?"

하투만이 질린 얼굴로 카잔의 시체를 가리켰다.

카잔의 시체는 곧 검은 연기가 되어 사라졌고 마나 하트의 조각이 전율에게 흡수되었다.

"이제 달리는 건가?"

강철창을 들어 올리며 하투만이 물었다.

전율은 말없이 고개를 끄덕이고 다른 모험가들 찾아 움직이려 했다. 하지만 그럴 필요가 없었다.

이미 다른 모험가들이 전율과 하투만의 주변을 에워싸고 있었다.

"휘이익~! 수고스럽지 말라고 알아서들 행차해 주셨네? 왜? 방금 내 친구가 싸우는 걸 보니까 한둘이 덤벼서는 도저히 못 잡을 것 같았어?"

하투만이 일제히 전율에게 신경을 곤두세우고 있는 십수 명의 모험가들을 비아냥거렸다.

그러나 모험가들 중 누구도 그런 하투만의 말에 반박하지 못했다. 그의 얘기가 맞았기 때문이다.

전율의 무위를 보기 전까지 그들은 동맹을 맺은 집단끼리 혈투를 벌였다.

미친놈처럼 설치고 다니는 카잔이 신경 쓰이긴 했지만, 모든 모험가가 공공의 적으로 돌릴 만큼 위협이 되진 않았다.

한데 전율은 달랐다.

자기들끼리 싸우던 모험가들은 전율이 살의를 일으키며 움직이는 순간 일제히 그에게 시선을 돌렸다.

전율은 한 줄기 바람처럼 달려 카잔에게 향했다.

그러는 와중 전율은 앞을 막아서는 모험가 두 명을 주먹질 한 방으로 제압했다.

이후 모험가 여럿을 혼자 골로 보낸 카잔을 눈 깜짝할 새 완벽히 제압했다.

절대강자의 등장은 모든 모험가들의 생각을 하나로 통일시켰다.

'녀석을 먼저 없앤다!'

협공을 해서 전율을 없애지 않으면 그들에게 승산은 없었다.

그래서 인근에 있던 모험가들이 모두 모여 전율과 하투만을 포위한 것이다.

하나 전율은 전혀 긴장하지 않았다.

그는 직감적으로 알았다. 포위망을 펼친 모험가들 중 자신이 조심해야 할 이는 단 한 명도 없다는 것을.

모험가들은 전율의 눈치를 살피며 점점 포위망을 좁혀왔다.

전율은 피식 웃고서 위압의 기운을 전개했다.

스아앗—!

빠르게 퍼져 나간 위압이 필드를 무겁게 짓눌렀다.

다가오던 모험가들을 위압에 노출되는 순간 숨이 턱! 막혀 그대로 굳었다.

"끄으으!"

"끄허어……."

모험가들은 손가락 하나 까딱 못 하고서 신음만 쥐어짰다.

"수, 숨이……!"

털썩!

철푸덕!

개중 몇몇이 기운에 완전히 잠식되어 쓰러졌다.

게거품을 물고 기절하는 이도 있었다.

"으, 으아아아아압!"

하지만 전부 다 위압에 굴복하는 건 아니었다.

2미터나 되는 거구의 덩치를 가진 사내와 차가운 벽안의 눈동자를 가진 여인, 허리가 꼽추처럼 굽은 땅딸보 사내는 꼿꼿하게 서서 위압에 맞서고 있었다.

그들의 얼굴에도 고통스러움이 엿보였지만, 그렇다고 쓰러지거나 위축되지는 않았다.

"으아아아아압!"

거구의 사내 '란다르'는 연신 기합을 내뱉으며 한 걸음 한 걸음을 힘겹게 옮겼다.

"……."

벽안의 여인 '루샹'은 입술이 하얘지도록 꽉 다물고서 앞으로 나아갔다.

마지막으로 꼽추 사내 '마흐칸'은 벌레처럼 몸을 통통 튀기며 다가오고 있었다.

마흐칸의 일그러진 얼굴에는 공포와 쾌락의 감정이 복잡하게 뒤섞여 있었다.

정신머리가 정상인 녀석은 아닌 것이다.

"히이이이—! 더 해봐! 더 무섭게 해봐! 히이이이이—!"

마흐칸의 음성은 남자치고는 가늘고 높았다.

전율은 란다르와 루샹, 마흐칸을 눈여겨보다가 디오란을 소환했다.

"소환, 디오란."

디오란은 부름에 바로 모습을 드러냈다.

"부르셨나요, 전율 님."

"적들을 섬멸해라."

"이번의 적은 모험가들이 맞는 건가요?"

"그래."

그러자 하투만이 손사래 쳤다.

"워어~ 난 아니야. 동맹 맺었다고."

"알고 있습니다. 명령을 수행하겠어요."

디오란의 몸에서 위스프들이 튀어나왔다.

위스프들은 각자 흩어져 위압에 억압당한 여행자들에게 다가갔다. 이를 지켜보던 하투만이 고개를 절레절레 저었다.

"대체 이건 또 뭐야? 연계의 던전 최종 보스가 왜 네 말을 듣는 거지?"

"그렇게 됐다."

"그리고 이 지독한 위압감… 나한테는 닿지 않았지만 피부로 느껴져. 너 대체 정체가 뭐냐."

"네 아군."

아군이라는 말에 하투만이 키득 웃었다.

"지금처럼 그 단어가 맘에 들었을 때가 없다."

하투만이 전율과 짧은 잡담을 나누는 사이 디오란과 위스프 군단의 번개 공격이 시작됐다.

번쩍! 콰르르릉! 콰쾅!

사방에서 어마어마한 벼락이 내리치며 대지를 떨어 울렸다. 밝은 빛이 숲을 쉴 새 없이 명멸시켰다.

"으아아악!"

"아악!"

벼락 소리를 뚫고 사람의 비명이 울려 퍼졌다.

번쩍! 콰르르르릉!

"끄아아아!"

디오란의 번개 공격은 끊임없이 이어졌고, 비명 소리도 꼬리에 꼬리를 물듯 이어지다가 나중엔 동시다발적으로 들려왔다.

그러다 어느 순간부터 전율의 몸으로 마나 하트의 조각이 흡수되었다.

모험가들이 하나둘 죽어나가기 시작한 것이다.

시끄럽게 울려 퍼지던 비명은 잦아들었고, 벼락 소리만 필드를 계속 어지럽혔다.

전율은 마나 하트의 조각이 열다섯 개째 몸으로 흡수되자 디오란에게 물었다.

"아직 살아남은 이는?"

"세 명이에요."

그 셋은 필시 위압의 기운에 맞서던 모험가들일 것이다.

"공격을 멈춰."

전율의 명이 떨어지자 디오란과 위스프들은 일제히 벼락을 멈췄다.

주변을 하얗게 물들이던 빛이 걷히고 란다르, 루샹, 마흐칸의 모습이 드러났다.

그들은 그토록 어마어마한 벼락이 내리쳤는데도 전신에 상처 하나 입지 않았다.

"제법이군. 봉인, 디오란."

전율은 디오란을 봉인하고 위압의 기운도 거두어들였다.

어차피 디오란의 공격은 그들에게 먹히지 않았고, 위압 역시 크게 의미가 없었기 때문이다.

위압이 사라지니 세 사람의 안색이 훨씬 편안해졌다.

전율이 두 주먹을 말아 쥐었다.

그의 주먹에 파란색 오러가 어렸다.

"이번에도 나서지 마?"

하투만이 물었다.

"몸이 근질거리면 한 명만 상대해."

"그래? 누가 좋을까?"

하투만은 세 사람의 면면을 천천히 살폈다.

그때 란다르가 전율에게 말을 걸어왔다.

"어이! 무지막지하게 센 놈! 보아하니 지금 동맹을 맺은 모험가가 한 명밖에 없는 것 같은데, 나와도 손을 잡자! 어차피 필드의 클리어 조건은 최후의 3인 안에 드는 것! 나와 손을 잡겠다면 당장 이 음침한 여자와 꼽추 녀석의 목부터 따서 바치도록 하지!"

란다르는 충분히 강했다.

전율과 싸워 이기겠다는 의지도 충만했다.

조금 전까지는 말이다.

하지만 위압의 기운에 맞서고 벼락에 두들겨 맞다 보니 전의를 상실했다.

그가 할 수 있는 건 전율의 공격에 상처 입지 않도록 몸을 보호하는 것뿐이었다.

아직 그의 지척에 다가가지도 못했는데 이 정도로 벌벌 기고 있으니 맞붙는다면 결과가 어찌 될지 불 보듯 뻔했다.

그래서 얼른 전율 쪽으로 붙으려고 한 것이다.

그러나 전율은 간에 붙었다 쓸개에 붙었다 하는 인간들을 좋아하지 않는다.

전율이 란다르를 가리키며 하투만에게 말했다.

"정했다. 저 녀석을 네가 맡아라."

"덩치? 좋아."

하투만이 입꼬리를 말아 올리고서 창을 꼬나 잡고 란다르에게 다가갔다.

"넌 뭐야?"

"내 친구는 네가 별로 맘에 안 드는 모양이더라고."

"너랑은 할 얘기 없으니 비켜!"

"내 친구랑 얘기하고 싶으면 나부터 눕혀봐."

"후회하지 마라!"

"후회는 아무리 빨라도 늦는 법이거든. 그래서 난 후회라는 걸 해본 적이 없어. 아니, 안 해, 그런 거."

"으아아아아아압!"

란다르가 고함을 지르며 하투만에게 달려들었다.

한편, 루샹과 마흐칸은 전율과의 거리를 많이 좁혀놓은 상태였다.

"그래도 너희는 저 덩치보다 낫군. 적어도 비겁하진 않으니."

"히이이이ㅡ! 네가 뭔데 나를 판단해? 응? 내가 누군지 알아? 그래, 그래! 넌 강하겠지! 그래서 날 판단하는 거겠지! 하지만 넌 내가 누군지 몰라! 내가 어떻게 살아왔는지, 어떻게 지금까지 살아남았는지! 개들의 왕 마흐칸! 모든 버림받은 자들의 신! 태어나자마자 쓰레기 더미 속에 버려졌지만 지존의 자리에 앉은 야왕(野王)! 그게 나야! 이기지 못한다면 내 한 목숨 버리더라도 함께 지옥으로 데려간다! 히이이이이ㅡ!"

마흐칸은 생사결을 벌일 각오였다.

전율이 자신보다 강한 상대이며, 제대로 붙으면 승산이 없다는 걸 알고 있다.

그렇다고 도망가는 건 그의 자존심이 허락지 않았다.

결론은 하나.

이기지 못한다면 비기기라도 해야 한다.

이미 그에게 퀘스트의 성공 여부는 상관없었다.

강자 앞에 서면 언제나 호승심이 일었다.

그의 피가 절대적 강자 앞에서 용암처럼 들끓었다.

반면 루샹은 침착하게 상황을 살폈다.

지금까지 어떻게 전율을 상대해야 하나 머리를 굴리고 있었다.

그런데 란다르는 자신들을 배신하려 들었다. 그 결과 란다르는 전율과 손을 잡기는커녕 그의 동료에게 마크당했다.

마흐칸은 정신이 좀 이상해 보였다.

한데 그놈이 하는 말을 들어보니 싸우다 질 것 같으면 양상구패(兩傷具敗)할 셈인 것 같았다.

루샹은 비로소 자신이 어찌해야 할지 판단할 수 있었다.

일단은 마흐칸과 함께 전율을 공격한다. 하지만 무리하지 않고 적당히 치고 빠지기를 반복한다. 그러다 마흐칸이 목숨을 바친 최후의 한 수로 전율을 위기에 빠뜨리면.

'내가 놈의 목을 긋는 거지.'

루샹이 보기에 마흐칸도 그저 어중이떠중이는 아니었다.

수다스럽고 가벼운 인물이긴 하나, 그에게서 느껴지는 기운은 자신과 맞먹거나 조금 더 강렬했다.

그런 마흐칸이 목숨을 걸어서라도 함께 죽겠다 말했다면 최후의 한 수는 상당히 강력한 것일 터.

아무리 전율이라고 하더라도 분명 큰 타격을 입을 것이 분명했다.

"끼야아아아아아!"

마흐칸이 괴이한 기합과 함께 신형을 날렸다.

그가 입은 옷자락이 바람에 펄럭이는가 싶더니, 마흐칸의 모습이 잔상만을 남기고 사라졌다.

그와 동시에 루샹도 몸속에 감춰두었던 수리검 여덟 개를 꺼내 전율에게 던졌다.

쐐애애애애액!

수리검엔 하나같이 스치기만 해도 피가 굳어버리는 맹독이 묻어 있었다. 그런 것들이 하나하나 치명적인 급소만을 노리며 날아들었다.

수리검이 전율의 몸에 닿으려는 찰나, 사라졌던 마흐칸이 전율의 머리 위에서 나타났다.

"끼요오오오오!"

마흐칸이 두 손을 깍지 껴 전율의 정수리로 내려쳤다.

매서운 파공성과 함께 다가오는 마흐칸의 손은 전과 달리 검은색으로 변해 있었다.

마흐칸은 온몸을 강철처럼 단단하게 만들 수도 있었다.

게다가 세상에 있는 모든 종류의 독을 체내에서 만들어내는 것도 가능했다.

그것이 바로 마흐칸의 능력이다.

지금 마흐칸의 손은 강철과도 같이 단단했다. 아울러 수리검에 묻은 것보다 더한 맹독을 담고 있었다.

때문에 수리검처럼 스치는 순간 죽음을 면치 못하게 될 터였다.

한쪽에서는 수리검 여덟 개가, 위에서는 마흐칸의 공격이 이어졌다.

그러나 전율에겐 이런 상황에서 가장 효과적으로 사용할 수 있는 기술이 존재했다.

"뇌신!"

* * *

뇌신.

마나의 랭크가 오르며 새로 얻게 된 마법이다.

시전어를 외치자 전율의 몸에서 번쩍! 빛이 일었다. 이어, 그의 전신이 강렬한 뇌전으로 둘러싸였다.

파지지직! 치직!

"……!"

마흐칸이 놀라서 눈을 홉떴다.

전율의 모습은 마치 뇌전의 갑옷을 두른 것만 같았다.

마흐칸은 재빨리 몸 전체를 강철화시켰다. 그의 실력이라면 충분히 공격을 멈추고 뒤로 물러날 수 있었다.

하지만 그러지 않았다.

죽이 되든 밥이 되든 일단 한번 부딪혀 봐야 직성이 풀릴 것 같았다.

"끼요오!"

콰아아앙!

마흐칸의 깍지 낀 주먹이 뇌전의 갑옷에 부딪히며 엄청난 굉음이 터졌다.

따다다다당!

동시에 수리검들도 뇌전에 부딪히며 콩 볶는 소리를 내며 튕겨 나갔다.

수리검은 뇌신을 시전한 전율에게 아무런 타격도 주지 못했다.

그러나 마흐칸은 뇌전에 물러서지 않고 계속 맞섰다.

그가 깍지를 풀어 주먹을 말아 쥐었다.

강철이 된 그의 주먹에 초록색 오러의 덩어리가 맺혔다.

"끼야아압!"

마흐칸은 오러로 감싸인 주먹을 내질렀다.

그러나 전율은 이번엔 가만히 서서 그의 공격을 받아낼 생각이 없었다.

전율이 옆으로 몸을 흘리며 오러 피스트를 날렸다.

퍼억!

"컥!"

파지직! 지지지지직!

"끄어어!"

마흐칸은 전율이 어떻게 움직였고, 언제 공격을 가한 건지 알 수 없었다.

그는 아무것도 보지 못했다.

오러 피스트에 뇌전의 힘까지 부여된 주먹이 복부를 때리자 아무리 강철화된 마흐칸이라도 격한 통증이 일었다.

마흐칸은 빨리 전율에게서 물러나려 했다.

하지만.

덥석.

늦었다.

전율이 그의 뒷덜미를 잡아챘다.

마흐칸은 팔을 크게 휘두르면서 몸을 빙글 돌려 전율의 손아귀에서 벗어나려 했다.

그러나 헛일이었다.

전율은 그런 마흐칸을 절대 놓아주지 않았다.

"놓지 못 해!?"

"그 입부터 닥치게 해주마."

전율이 뒷덜미를 휙 당겼다. 마흐칸은 저항하려 했지만, 힘 없이 끌려갔다. 마치 어린애가 어른을 상대하고 있는 것 같았다.

'무슨 놈의 힘이!'

마흐칸이 놀라는 사이 전율의 무릎이 그의 얼굴을 가격하려 했다.

"흥!"

마흐칸은 코웃음을 흘리며 두 손을 교차해서 무릎을 막았다.

한데.

뻐어어억!

전율의 무릎은 마흐칸의 손에 제지당하지 않고, 그대로 밀고 들어와 끝내 얼굴을 가격했다.

"커억!"

분명 강철화를 한 몸이었다.

그런데 방금의 일격으로 손가락뼈가 모조리 부러졌고 치아가 다섯 대나 빠졌다.

입술은 다 터져서 완전히 뭉개졌다.

그와 동시에 부분적으로 강철화가 풀렸다.

강철화가 풀린 곳에서 불로 지지듯 화끈한 고통이 몰려왔다.

"끄이이이이이!"

전율은 뇌신의 상태다.

그의 몸은 온통 어마어마한 뇌전으로 가득했다.

그 뇌전이 강철화가 풀린 부분을 제대로 지져 놓았다.

"끄이이이이이이익!"

몸을 바들바들 떨며 괴로워하는 마흐칸!

그는 곧 전신의 강철화가 풀렸다.

바로 그때 전율의 무차별적인 구타가 이어졌다.

두 주먹이 정신없이 교차하며 마흐칸의 전신을 두들겼다.

퍼퍼퍼퍼퍼퍽!

"끄허어어어어어!"

마흐칸이 애처로운 비명을 질렀다.

한데 갑자기 그의 비명이.

"끄이히히히히히히히!"

오싹한 웃음으로 변했다.

마흐칸의 눈에서 흰자가 사라지고 온통 검은색으로 물들었다.

"예, 예상은 하고 있었다만! 쿨럭! 이 정도로 형편없이 당할 줄은! 크힉!"

마흐칸은 두들겨 맞는 와중에도 계속해서 혀를 놀렸다.

그의 입에서 붉은 피가 왈칵 쏟아졌다.

"하지만!"

마흐칸의 두 손이 다시 검게 변했다.

그가 전율의 몸을 꽉 끌어안았다.

"혼자 죽지는 않는다! 끄으으으으으으!"

마흐칸은 전류에 감전되어 몸을 마구 떨었다.

"너도 같이 가는 거야아아아아! 키히이이이이이!"

마흐칸의 몸이 풍선처럼 부풀어 올랐다.

그는 세상에 존재하는 모든 종류의 독을 만들어낼 수 있다. 마흐칸은 지금 스스로 강력한 폭탄이 되었다. 몸이 엄청난 폭발을 일으키는 순간 수억의 독 중 가장 강력한 수백 가지의 독이 사방으로 퍼져 나갈 것이다.

그 독들은 맨살에 닿는 것만으로 사람을 살상할 수 있을 만큼 매서웠다.

'폭발의 여파로 전류가 조금만 걷히면 돼!'

걷힌 전류의 틈으로 독이 한 방울, 아니, 먼지만큼이라도 전율의 몸에 튀어준다면 그가 바랐던 대로 양패구상을 하게 될 것이다.

'죽어어어어!'

퍼어어어엉!

전율을 껴안은 채 거대하게 부풀어 오른 마흐칸의 몸이 터져 나갔다.

마흐칸의 전력을 다한 최후의 일격이었다.

그 폭발의 여파는 지축이 흔들리게 할 만큼 어마어마했다.

치지직! 치직!

전율의 몸을 감싸고 있던 전류가 찢기며 빈틈이 생겨났다.

그 틈새로 사방으로 비산한 마흐칸의 맹독이 짓쳐 들어갔다.

그대로 있다간 맹독이 옷을 태우고 살에 닿아 즉사할 판이었다.

하지만.

티티틱.

검은 무언가가 전류의 틈새로 나타나 맹독을 막아냈다.

후두둑. 투둑. 칙! 치칙!

하늘로 치솟았다가 바닥에 떨어진 독들은 검은 연기를 풍기며 땅속으로 파고들었다.

그리고 전율의 몸을 감고 있던 전류가 사라졌다.

'지금이야!'

루샹은 수리검을 던진 뒤 바로 이어진 마흐칸의 자폭에 쾌재를 불렀다.

필시 전율은 큰 타격을 입었을 것이다.

그 때문에 몸을 감싸던 뇌전도 사라진 것이다.

스스로의 의지가 아닌, 맹독의 타격이 그의 집중력을 흩뜨린 게 틀림없다고 생각했다.

루샹은 전율에게 최강의 비기를 시전했다.

'그림 리퍼(Grim Reaper)!'

그림 리퍼.

사신이라는 뜻 그대로 상대방의 목숨을 반드시 앗아 가는 기술이다.

루샹의 몸이 어두운 그림자 속에 녹아들었다.

그녀의 신형은 은밀히, 그러나 빠르게 전율에게 다가갔다.

소리도 기척도 완벽하게 죽였다.

상대방이 아무것도 느낄 수 없는 완벽한 공허 속에 그의 그림자 밑에서 나타나 사혈로 검을 찔러 넣는다.

어쌔신이 구사하는 모든 기술의 정점에 이른 자가 아닌 이상 절대 구현할 수 없는 신기(神技)였다.

지금 루샹의 몸에서 그 신기가 펼쳐지고 있었다.

어쌔신 로드의 딸로 태어나 걸음마를 배우던 시절부터 어쌔신의 기술을 익혀온 루샹이었다.

지금은 전대 어쌔신 로드인 아버지의 힘을 뛰어넘어 역사상 최강의 어쌔신 로드가 된 그녀다.

그런 루샹이 펼치는 어쌔신 최강의 기술 그림 리퍼는 단 한 번도 실패한 적이 없었다.

이번에도 그럴 것이라고 확신했다.

하지만 전율의 몸에서 뇌전이 완전히 사라진 순간 루샹의 확신은 흔들렸다.

그는 멀쩡했다.

한 점 흐트러짐 없이 똑바로 서 있는 자태는 맹독에 당한 사람의 그것이 아니었다.

게다가 전율의 양팔엔 전에 볼 수 없었던 검은색 갑주가 착용되어 있었다.

데이드릭이었다.

전율은 마흐칸의 자폭에 전류가 뚫리는 순간 데이드릭을 입었다.

그리고 뚫린 전류 안으로 들어오는 맹독을 데이드릭이 보호하고 있는 팔로 막은 것이다.

'이젠 어쩔 수 없어!'

루샹은 전율이 맹독에 당하지 않았다는 걸 알았지만, 행동을 멈추지 않았다.

그림 리퍼는 한번 발동하면 상대방의 숨을 앗을 때까지 결코 멈출 수 없는 기술이었다.

전율이 대단하다는 건 잘 알고 있다.

힘과 스피드가 뛰어난 건 기본이고 오러에 마나를 다루는 데다 강력한 소환수까지 수족처럼 부린다.

하나 그도 일단은 인간이었다.

후각이나 청각, 시각은 아무리 발전시켜도 한계라는 게 있었다.

반면 어쌔신의 기술은 발전시킬수록 사람의 후각과 청각, 시각을 완벽하게 속일 수 있었다.

그래서 어쌔신의 기술이 무서웠다.

은폐, 엄폐할 장소가 많을수록 어쌔신은 자신보다 한 수위, 두 수 위의 강자까지 상대할 수 있었다.

루샹은 그런 어쌔신의 기술을 믿었다.

하지만 루샹은 몰랐다.

전율의 청각과 후각, 시각이 이미 인간을 초월하는 초인의 경지에 올라섰다는 걸.

그림자 속에 몸을 숨겨 전율의 지척에 다다른 루샹은 사혈을 노리고 힘껏 솟구쳤다.

그대로 검이 가장 가까이에 있는 사혈에 꽂히면 그걸로 끝이다.

소리도 바람도 기척도 없이 예리하게 찔러 들어가는 검 한 자루!

하나.

덥석.

"......!"

전율은 옆으로 몸을 피해 자세를 낮춰 그녀의 팔목을 잡아챘다.

"어떻게……!"

당황한 루샹이 잡히지 않은 손으로 암기를 꺼내려 했다.

그러나 그마저도 전율에게 제압당했다.

루샹은 그제야 알았다.

애초부터 자신은 전율에게 이길 수 없었음을.

포기는 빨랐다.

어떻게 해도 안 될 상대라면 빨리 죽음을 받아들이는 게 나았다.

"죽어."

전율은 그녀의 말이 끝나자마자 오러 피스트를 내질렀다.

퍽!

수박 깨지는 소리와 함께 그녀의 머리가 터졌다.

그걸로 끝이었다.

짧은 순간 두 명의 강자가 유명을 달리했다.

마흐칸과 루샹의 시체가 사라지고 마나 하트의 조각 두 개가 전율에게 흡수되었다.

전율은 하투만에게 시선을 돌렸다.

하투만은 아직 란다르와 싸우는 중이었다.

그러나 누가 우세한지는 바로 알 수 있었다.

란다르의 전신이 붉은 피로 뒤덮인 반면 하투만은 멀쩡했다.

"하악! 하악!"

란다르가 자신의 덩치만큼이나 큰 검을 든 채 가쁜 숨을 내뱉었다.

그가 들고 있는 검도 란다르만큼이나 피에 푹 젖어 있었다.

하지만 그것은 하투만의 피가 아니었다.

손잡이를 타고 흘러내린 란다르 본인의 피였다.

하투만이 창을 장난스레 돌리며 말했다.

"내 친구는 끝난 모양이네? 그럼 나도 끝내야겠지?"

"얕보지 말란 말이야!"

란다르가 이를 악물고 하투만에게 달려들었다.

"얕봐? 내가? 천만에! 난 누구를 상대하든 늘 최선을 다한 다고."

순간 란다르의 눈이 깊이 가라앉으며 분위기가 확 변했다.

그전까지 가볍게 혀를 놀리던 사람이라고는 생각할 수가 없었다.

"하아압!"

바람처럼 다가온 란다르가 남은 힘을 모두 실어 회심의 일 격을 날렸다.

검이 바람을 찢으며 하투만의 어깨를 내려치려 했다.

그때 하투만의 신형이 잔상을 남긴 채 옆으로 살짝 움직였 다.

"너무 늦어, 너는."

하투만이 나직이 말을 흘리며 창을 앞으로 찔러 넣었다.

푸확!

군더더기 없이 깔끔하고 가벼운 동작이었다.

그저 창을 찌른 것뿐이다.

한데 란다르의 복부에는 커다란 바람구멍이 뚫렸다.

"커헉!"

창을 찔러 넣은 순간 하투만은 손가락을 이용해 창에 어마어마한 회전을 가했다.

가뜩이나 하투만의 창은 일반 창에 비해 두 배나 크다.

그런 창에 회전력까지 더해지니 총알처럼 살을 크게 파버리는 것이다.

"젠장… 다음번엔 너희 같은 괴물이 없기를……."

란다르가 피를 토하며 쓰러졌다.

털썩.

그의 시체가 사라진 자리에서 나타난 마나 하트의 조각은 하투만에게 흡수됐다.

하투만이 손등에 새겨진 2라는 숫자를 보고 휘파람을 불었다.

"휘이익~! 이거 할 만한데?"

그의 곁으로 전율이 다가왔다.

"이 주변에는 이제 모험가가 없다."

"그런 것 같지? 다른 장소로 넘어가 보자고. 이번 필드에 참가한 모험자가 총 80여 명이라 그랬었잖아. 아직 반 이상이 남았다고, 친구. 한데 어디로 가는 게 좋을까?"

하투만은 동서남북을 돌아보며 턱을 문질렀다.

그때 전율은 바람을 타고 들려오는 주변의 소리에 집중했다.

그러자 동쪽 방향에서 병장기 부딪히는 소리와 사람들의 비명 소리, 살이 무언가에 베이고 파이는 소리, 뼈가 부러지고 골이 터져 나가는 소리 등등이 들려왔다.

"저기다."

"어떻게 알아?"

하투만이 눈을 동그랗게 뜨고 물었다.

"소리가 들린다."

"소리? 난 아무 소리 안 들리는데?"

하투만이 귀에다 두 손을 얹고 고개를 갸웃했다.

전율은 계속해서 소리에 집중하며 정확한 위치를 파악하려 했다. 그런데 그때였다.

"루카인! 위험… 꺅!"

정신없이 뒤섞인 여러 소리 중에서 익숙한 여인의 음성이 들려왔다.

게다가 그녀는 루카인이라는 이름을 말했다.

루카인은 이전 필드에서 전율과 함께 바루안을 상대했던 검사였다.

그리고 지금 들린 여인의 목소리는!

'이제린!'

엘프 이제린 에틸이었다.

전율이 바람처럼 달려 나갔다.

Chapter 34.
마르스

운이 좋았다.

이제린은 모험가의 필드에서 퀘스트가 시작된 초반엔 그렇게 생각했다.

그녀의 바로 옆 석실에서 루카인이 나왔기 때문이다.

두 사람은 당장 동맹을 결성했다.

그들뿐만 아니라 다른 모험가들도 마음 맞는 이와 동맹을 맺기 시작했다.

동맹 그룹들은 섣불리 이를 드러내지 않았다.

서로 눈치를 살피며 돌아가는 정황을 지켜봤다.

일촉즉발이었다.

어느 한 명이라도 섣불리 움직이면 큰 전쟁이 벌어질 판이었다.

그렇게 숨 막히는 시간이 흘러갔다.

다들 이러지도 저러지도 못하고 있는 동안 어디선가 하품 소리가 크게 들려왔다.

"흐아아아아암~!"

자연스레 모험가들의 시선이 한곳으로 집중되었다.

하품을 한 이는 180센티미터의 키에 검은 머리카락, 검은 눈동자를 가진 미남자였다.

그는 등에 커다란 봉 한 자루를 메고 있었다.

"누가 먼저 시작하나 지켜보고 있었는데, 이러면 너무 지루하잖아. 하나같이 겁먹은 개새끼마냥 꼬랑지 돌돌 말고 눈치만 살필 거냐?"

"너 뭐야?"

모험가 중 한 명이 그에게 물었다.

"통성명이 필요해? 이름은 마르스. 고아라서 성은 없고. 무기는 봉. 오러도 사용할 줄 알고. 마법은 문외한이다. 끝. 더 궁금한 거 있어?"

질문을 건넸던 모험가는 벙쪄서 말을 잇지 못했다.

마르스에게서는 도무지 긴장감이라는 걸 찾아볼 수가 없

었다.

"궁금한 게 없는 걸로. 그것보다 아무도 나서질 않으니까 진행이 안 되잖아. 이대로 가만히 있으면 평생 가도 퀘스트 안 끝날 텐데. 어쩔 수 없이 내가 먼저 움직여야겠네. 흐아아 암~!"

다시 늘어져라 하품을 하는 마르스.

한데 그의 모습이 갑자기 사라졌다.

모험가들은 일제히 놀라 마르스의 모습을 찾았다.

그때였다.

빽!

가죽 뚫리는 소리와 함께 장대한 체구의 사내 한 명이 목에서 피를 뿜으며 쓰러졌다.

털썩!

"끄르르! 끄륵!"

피거품을 쏟아내며 몸을 뒤트는 사내의 옆엔 마르스가 봉을 들고 서 있었다.

"이 중에서 덩치가 가장 좋길래 좀 강한가 했더니 약골이 네."

"이야압!"

태연하게 중얼거리는 마르스에게 사내와 동맹을 맺었던 여성 모험가가 레이피어를 찔러 넣었다.

그녀는 동료의 죽음에 분노하는 게 아니었다.

죽어버린 사내는 필드에 와서 처음 본 사이였다. 동맹을 맺고 통성명을 한 뒤, 몇 마디 말을 나눠봤을 뿐이다.

그 외에 어떠한 유대감도 없었다.

그럼에도 그녀가 덤빈 건, 마스르가 곁에 오는 순간 죽음의 공포를 느꼈기 때문이다.

마르스의 전신에서 풍기는 살인귀의 기운.

장난스러운 태도와 달리 매섭게 벼려진 칼을 보는 듯한 눈.

'죽이지 않으면 죽는다!'

그 생각만이 머릿속을 지배했다.

그래서 본능적으로 달려 나간 것이다.

한데.

빽!

"……!"

그녀 역시 목에 구멍이 뚫려 쓰러졌다.

분명 마르스의 봉에 맞은 건 맞을 텐데, 그의 공격을 제대로 본 모험가는 아무도 없었다.

놀라운 건 마르스의 봉에 피 한 방울이 묻지 않았다는 것이다.

살을 뚫고 들어간 봉을 피가 묻기도 전에 회수했다는 얘기였다.

"제대로 시작해 볼까."

뚜둑! 뚝. 마르스가 목을 꺾었다.

그러자 모험가 중 한 명이 들고 있던 검으로 그를 가리키며 소리쳤다.

"저놈부터 죽여!"

전율이 그랬듯 마르스도 모든 모험가의 표적이 되었다.

"어떻게 하고 싶은가?"

루카인이 이제린에게 물었다.

이제린은 활에 살을 세 발 먹이고서 마르스를 겨냥한 뒤 말했다.

"일단 지켜봐요. 그의 실력이 어느 정도인지 가늠해야 할 필요가 있어요."

"다른 모험가들을 상대하는 걸 지켜보면서 파악하자 이 말이구만."

"네. 만약 상대하기 힘들 것 같으면 우선은 후퇴하도록 해요. 하지만 그 반대의 경우라면 바로 시위를 놓을게요."

"매우 유쾌한 발상일세! 그리하겠네!"

루카인이 고개를 끄덕였다.

한데 그 순간 마르스가 루카인을 정확히 바라봤다.

"둘이 뭐라고 속닥이는 거야? 나도 좀 듣자, 응?"

입꼬리를 씩 말아 올린 마르스가 어슬렁거리며 루카인에게

다가왔다.

그런 마르스의 사방을 네 명의 모험가가 둘러싸며 협공을 펼쳤다.

"전장에서 여유를 부리다니!"

"모가지가 아깝지 않더냐!"

"넌 끝났어."

"하압!"

네 명의 여행자는 사방에서 몰아치면 아무리 마르스라 하더라도 무사하지 못할 것이라 생각했다.

그러나 마르스는 조금도 당황하지 않고 여전히 유유자적하게 거닐었다.

다음 순간.

뻐억!

한 번의 타격음이 들렸고.

털썩. 털푸덕.

네 명의 사람이 동시에 쓰러졌다.

그들의 목에는 다른 모험가들이 당했던 것처럼 둥그런 바람구멍이 뚫려 있었다.

"흐아아암~ 너무 느려 늬들."

마르스는 방금 네 사람을 죽였다는 게 믿어지지 않을 만큼 태연했다.

"내 눈을 믿기 힘들군."

루카인이 점점 거리를 좁혀 오는 마르스를 경계하며 중얼거렸다.

"타격음은 한 번밖에 안 들렸는데 네 명이 쓰러졌네. 그만큼 공격이 빨랐다는 얘기지."

"도망가야 해요."

이제린은 판단을 내렸다.

마르스는 싸워서 이길 수 있는 상대가 아니었다.

"그래. 도망가야 하네."

루카인은 이제린의 말에 동의했다.

하지만 도망갈 생각이 전혀 없어 보였다.

그는 이제린을 등지고 선 채, 다가오는 마르스에게 시선을 고정하고서 한 발짝도 꿈쩍하지 않았다.

"루카인? 왜 그러고 있는 거죠?"

"도망쳐야 한다지 않았나? 어서 도망치게. 내가 조금이라도 시간을 벌 테니."

"안 돼요. 루카인."

"날 걱정하는 겐가?"

"걱정하는 것도 맞지만 근본적으로 당신은 시간을 벌기 힘들어요. 실력의 차이가 너무 심해요."

"…위기의 순간 목숨을 걸고 맞서는 남자에게 감동적인 말을 해주기는커녕 스스로의 무능함을 일깨워 주니 몸둘 바 모르겠네."

"죄송해요. 전 그저 지금의 상황을 제대로 직시한 것뿐이에요. 게다가 목숨을 건다고 하기에도 무리가 있는 게, 정말 죽는 건 아니잖아요."

"엘프들은 다 그런가?"

"인간들은 우리를 냉정하다고 할 때가 많더군요. 그보다 루카인, 어서 이쪽으로……."

"이미 늦었네."

루카인은 벌써 마르스의 사정권 내에 들어와 있었다.

두 사람 사이엔 아직 거리가 한참이었지만 루카인은 피부를 아리게 만드는 살기로 인해 그것을 알았다.

루카인이 바스타드 소드를 들어 앞으로 내밀었다.

"등을 보이는 그 순간 이 몸은 죽은 것이나 다름없네! 필사의 각오로 맞서 싸울 테니 도망가게!"

"당신을 두고 갈 순 없어요."

"아까처럼 좀 냉정해지게!"

"그것과 이건 다른 문제예요."

"끄응!"

루카인이 앓는 소리를 냈다.

이제는 마르스의 살기가 루카인의 전신을 완전히 옭아매고 있었다.

이런 상황에 놓이게 되니 루카인의 머릿속에 간절한 얼굴 하나가 떠올랐다.

'전율, 그만 있었더라도!'

이제린 역시 루카인과 비슷한 생각을 하고 있었다.

루카인은 약해지려는 마음을 다잡고 크게 소리쳤다.

"전사 루카인! 절대로 강자 앞에서 꼬리를 말고 도망치지 않는다!"

루카인의 포효에 마르스는 키들거렸다.

"그러시든지. 신파극 잘 봤어. 할 거 다 했으면 이제 죽여도 되지?"

마르스의 신형이 거짓말처럼 사라졌다.

루카인은 이미 그의 움직임을 눈여겨봐 왔던 터였다.

필시 눈 깜짝할 새 코앞에 나타날 것이란 계산이 섰다. 루카인은 마르스가 보이지도 않았지만 계산한 대로 미리 움직였다.

몸을 뒤로 빼며 바스타드 소드를 사선으로 내리그었다.

카앙!

루카인의 계산은 들어맞았다.

유령처럼 다가와 번개같이 가한 마르스의 공격이 바스타드 소드에 막힌 것이다.

놀라운 건 분명 타격음이 들렸건만, 봉은 여전히 마르스의 손에 들린 채 움직이지 않았다는 것이다. 아니, 워낙 빨라 공격하고 회수하는 순간을 포착할 수 없었던 모양이다.

"어쭈?"

마르스가 재미있다는 표정을 지었다.

"제법이네?"

"나, 루카인. 다른 이들처럼 당하기만 하지는 않네!"

루카인이 호기롭게 소리치는 순간이었다.

"아악!"

"크어억!"

사위에서 갑작스런 비명이 들려왔다.

마르스를 잡을 수 없을 것이라 판단한 모험가들이 다른 이들을 공격하기 시작한 것이다.

마르스가 루카인에게 정신이 팔린 사이 다른 모험가들이라도 줄여놓고, 종장에는 마르스와 함께 최후의 3인에 들 셈이었다.

"아, 내 먹잇감을 제들 멋대로 잡아먹네. 안 되겠어. 조금 데리고 놀 생각이었는데 바로 끝내줄게."

말을 하는 마르스의 눈동자가 사이한 빛을 머금었다.

"루카인! 위험……!"

이제린이 루카인에게 주의를 주려 했다. 하지만 그녀의 말은 채 끝맺어지지도 못하고…….

뻐억!

"꺅!"

비명으로 바뀌었다.

루카인의 목이 뚫려 버린 것이다.

"크륵… 크르륵!"

하지만 루카인은 다른 이들처럼 힘없이 쓰러지지 않았다.

양팔을 쫙 펼치고 똑바로 서서 마르스를 가로막았다.

루카인이 고개를 돌려 이제린을 바라보며 입을 벙긋거렸다.

이제린은 그의 입모양을 자세히 살폈다.

그는 이렇게 말하고 있었다.

'어서 도망가시게.'

"루카인!"

"끝까지 멋있는 척은. 재수 털려."

뻐억!

마르스는 루카인의 왼쪽 가슴에도 커다란 구멍을 뚫었다.

"크르르!"

출혈이 급격히 심해지며 루카인의 시야가 흐려졌다. 머리가
핑핑 돌고 다리에 힘이 풀렸다.

결국 루카인은 더 버티지 못하고서.

톡.

마르스의 손가락 하나에 밀려 쓰러졌다.

털썩.

루카인의 시체가 사라지고 마나 하트의 조각이 마르스에게 흡수되었다.

"자~ 그럼. 너도 얼른 해치우고 다른 녀석들을 먹어볼까?"

마르스가 뱀 같은 시선으로 이제린의 전신을 훑었다.

이제린은 바람의 중급 정령 실라페와 불의 중급 정령 살라만다를 소환했다. 살을 먹인 활은 여전히 마르스를 노리고 있었다.

그녀 역시 어떻게 발버둥 쳐도 마르스의 마수에서 벗어날 수 없음을 알고 있었다.

하지만 최후의 최후까지 저항은 해볼 셈이었다.

"금방 끝내줄게."

마르스가 또다시 사라졌다.

이제린이 뒤로 훌쩍 뛰며 시위를 놓았다.

그 순간!

따다당!

화살 세 발이 코앞에서 무언가에 부딪혀 사방으로 흩어졌다.

덥석!

갑자기 지척에서 모습을 드러낸 마르스가 이제린의 멱을

잡아끌었다.

"나이스 캐치."

마르스의 손에 들린 봉이 또 하나의 생명을 끊어놓으려 했다.

쐐애애애액!

음속보다 빠른 공격이 이제린의 목을 노리며 날아들었다.

한데.

"…어?"

조금 전까지 눈앞에 있던 이제린이 사라지고 없었다.

의아함에 빠져 있던 마르스가 시선을 멀리 두었다.

놀랍게도 이제린은 처음 보는 사내의 품에 안겨 멀리 떨어져 있었다.

이제린 역시 마르스만큼이나 놀라서 자신을 품에 안고 있는 사내의 얼굴을 바라보았다. 그 순간 이제린의 얼굴에 안도감과 함께 미소가 자리했다.

어찌 그 얼굴을 잊을 수 있을까.

"전율 님."

그는 바로 전율이었다.

"루카인은?"

전율의 물음에 이제린은 미소를 지운 채 고개를 저었다.

"그렇군. 저 녀석에게 당한 건가?"

이번에는 고개를 끄덕였다.

"알았어. 여기서 쉬고 있어."

전율이 이제린을 바닥에 내려주었다.

이제린은 전율을 도와 싸우고 싶었으나 마르스와의 실력 차가 너무나 컸기에 방해만 된다는 걸 잘 알았다.

지금은 시키는 대로 가만히 쉬고 있는 게 전율을 도와주는 일이었다.

"조심하세요. 봉을 무섭게 다루는 사내예요."

그녀의 말에 전율이 바로 대답했다.

"아니, 녀석이 다루는 건 봉이 아니야."

"네? 그럼……?"

"널 공격할 때 봉은 전혀 움직이지 않았어."

전율은 다른 모험가들과 달리 아무리 빠른 움직임도 포착 할 수 있는 눈을 가졌다.

한데 그런 전율의 눈에 마르스가 봉을 다루는 모습은 보이 지 않았다.

다들 마르스가 봉을 들고 있다는 것, 그리고 빠르게 움직인 다는 것, 마지막으로 마르스에게 당한 사람들은 전부 동그랗 고 커다란 구멍이 생긴다는 것 때문에 그가 봉을 빠르게 휘 두른다 생각했다.

그러나 그게 아니었다.

전율은 대번에 그의 능력을 파악했다.

*　　　*　　　*

"놈은 무형의 기운 같은 걸 다룬다. 염력과 비슷한 종류의 것이거나 바람을 다스릴 수 있는 것이겠지."

전율의 얘기를 듣고 난 이제린은 바로 수긍했다.

"그러고 보니 저자는 싸움에 임하기 전, 자신의 능력에 대해서 구구절절 늘어놓았어요. 봉과 오러를 다루며 마법은 문외한이라고 말이에요. 그것 역시 모험가들을 현혹시키기 위한 거짓말이었던 거예요."

두 사람의 이야기는 정확했다.

조금 떨어진 곳에서 이를 듣고 있던 마르스가 너털웃음을 터뜨렸다.

"하! 하하. 재미있네? 한 번 보고 내 능력을 파악해?"

마르스의 어깨가 으쓱 올라갔다.

"딩동댕. 그래. 다 페이크야. 들고 있는 봉도, 오러를 사용할 수 있다는 것도 상대방을 현혹시키기 위한 수단이지. 근데 그래서 뭐? 안다고 달라질 것 같아? 아니, 똑같이 당할 뿐이지."

"말이 많군."

"어렸을 때부터 말이 참 많았지, 내가."

"빨리 끝내자."

지금도 주변에서는 모험가들끼리 죽고 죽이는 전쟁이 벌어지고 있었다.

그만큼 전율이 회수할 수 있는 마나 하트의 조각이 줄어드는 것이다.

"마더, 데이드릭을 유지할 수 있는 시간은?"

[8분입니다.]

8분이면 충분하고도 남는 시간이다.

전율이 전투를 준비하는 동안 하투만도 전장에 도착했다.

그는 상황을 살피다가 전율이 강한 녀석과 대치하고 있는 것을 보고 다른 모험가들의 싸움에 끼어들기로 했다.

"괜히 힘든 길을 찾아갈 필요 없지."

다시 한 번 전율에게 빌붙기 잘했다는 생각이 드는 하투만이었다.

전율은 여태껏 하투만이 만나본 적 없는, 강기(剛氣)를 풍기는 사람이었다.

그와 동맹을 맺어 곁에만 붙어 있으면 센 놈을 알아서 처리해 줄 테니, 자신은 필시 끝까지 살아남을 것이라 생각했다.

그 생각은 딱 들어맞았다.

지금도 이 주변의 모험가들 중에서 가장 예사롭지 않은 놈과 맞붙으려 하고 있었다.

　그렇다면 하투만은 다른 모험가들을 잡아 죽이며 마나 하트의 조각을 벌면 된다.

　"꿀 빨 시간이다."

　하투만이 신이 난 어린아이처럼 휘파람을 불어대며 주변을 살폈다.

　그러다가 가장 가까운 곳에서 접전 중인 두 무리에 접근했다.

　"같이 놀자."

　한창 주고받는 공방에 정신이 팔려 있던 네 사람은 갑작스런 하투만의 개입에 적잖이 당황했다.

　하지만 멍청하게 놀라고만 있을 때가 아니었다.

　동맹을 맺은 이가 아닌 이상 무조건 적이다.

　모험가의 필드 위에서 적은 앞뒤 볼 것 없이 공격부터 해야 한다. 그런 생각을 동일하게 갖고 있던 네 명의 모험가가 동시에 하투만을 공격했다.

　"내가 전율만큼은 아니지만."

　순간 하투만의 창이 날카로운 빛을 흘리며 큰 호를 그렸다.

　서거거걱!

　소름끼치는 소리가 들렸고, 하투만을 공격하던 모험가 넷의 목이 바닥으로 떨어졌다.

"너희 정도는 밥이거든."

털썩! 털썩!

목 없는 네 구의 시체가 바닥에 널브러졌다.

네 개의 마나 하트를 흡수한 하투만은 또 다른 먹잇감을 찾아 바삐 걸음을 옮겼다.

한편 전율은 마르스와 본격적인 전투를 벌이려 하고 있었다.

그가 바닥을 한 번 박차는 순간 둘 사이의 거리가 순식간에 사라졌다.

전율은 오러의 랭크가 4인 데다가 데이드럭을 착용해 신체 능력도 월등히 올라갔다.

앞으로 튀어 나가는 그의 움직임은 한 줄기 빛을 보는 것처럼 빨랐다.

하지만 마르스는 그런 전율의 신형을 정확히 포착했다.

카아아앙!

마르스의 코앞에 다가온 전율이 주먹을 내지르는 순간 무형의 막 같은 것이 나타나 공격을 제지했다.

역시나 마르스의 손에 들린 봉은 조금도 움직이지 않았다.

"바람을 이용하는군."

"사자의 던전을 한 시간 내에 돌파했더니 바람의 아들이란 타이틀을 주더라고."

"타이틀?"

마르스가 씩 웃으며 눈으로 자신의 오른쪽 어깨를 가리켰다.

"이 안에 타이틀의 문신이 감춰져 있어. 짐작도 못 했지?"

"그랬군."

"한데 말이야, 내 말을 다 믿으면 너만 손해 봐."

마르스의 말이 끝나는 순간 그가 들고 있던 봉에 파란색 오러가 깃들었다.

'4랭크 오러?!'

놀라는 전율의 턱으로 봉 끝이 날아들었다.

전율은 찰나지간 동물적 감각을 발휘, 오러 피스트를 내질렀다.

꽈아앙!

오러가 어린 주먹과 봉이 부딪히며 엄청난 충격파가 대지를 뒤흔들었다.

그에 놀란 모험가 몇이 싸움을 벌이다 말고 한눈을 팔았다.

그 대가는 먹잇감을 찾아다니던 하투만에게 목이 잘리는 것으로 받아야 했다.

창에 묻은 피를 털어내며 전율과 마르스를 지켜보던 하투만이 휘파람을 불었다.

"휘이익~! 둘 다 대단하네. 완전 괴물들이잖아. 뭐… 그래 봤자 전율이 이기겠지만."

하투만은 이미 전율의 승리를 예상하고 있었다.

이유는 간단했다.

그에게는 사람의 전투 능력을 숫자로 평가해서 볼 수 있는 능력이 있었기 때문이다.

그의 눈에 비친 마르스의 전투 능력은 28만 5천.

모험가들 대부분이 5만의 근처에서 맴도는 걸 생각하면 엄청난 수치였다.

하지만 전율의 전투 능력은.

"진짜 끝판왕이다, 너."

하투만이 전율의 머리 위에 떠오른 숫자를 보며 다시 한 번 감탄했다.

그러는 사이에도 전율과 마르스는 계속해서 공방을 주고받았다.

꽈앙! 꽈아앙! 꽝!

그들의 공격이 허공에서 부딪힐 때마다 숲이 몸살을 일으켰다.

마르스는 오러가 어린 봉을 휘두르며 전율의 빈틈이 드러날 때마다 바람 공격을 연계했다.

하지만 그런 것들이 전율에게는 딱히 효과가 없었다.

지금껏 숱한 모험가들을 죽인 건 오러가 아닌 바람 공격이 었다.

마르스는 그것을 윈드 스티어링(Wind Steering)이라 이름 지었다.

말 그대로 바람을 자기 마음대로 조종할 수 있다는 뜻이 다.

마르스는 윈드 스티어링의 능력을 이용해서 바람의 창을 만들어 여행자들의 목을 꿰뚫어왔다.

모험가들은 하나같이 마르스의 봉에만 신경을 썼을 뿐, 바 람의 공격엔 미처 대비하지 못했기에 쉬운 사냥이 가능했던 것이다.

물론 간혹 몸을 강철처럼 단단하게 연마한 모험가들도 종 종 있었다. 그러나 윈드 스티어링은 바람을 음속으로 이동시 키는 게 가능했다.

바람의 창에 음속의 스피드가 더해지니 아무리 강철 같은 몸이라도 그대로 뚫려 버렸다.

한데 전율은 달랐다.

그와 부딪히는 순간부터 윈드 스티어링을 이용해 지속적인 공격을 가해왔지만, 몸에 작은 상처 하나조차 남길 수 없었다.

전율은 아예 윈드 스티어링을 무시해 버리고 봉에만 집중 했다.

'이건 무슨 능력이지?'

마르스가 의아해했다.

해답은 강철수를 마셔 단단해진 육신을 데이드릭이 몇 배 더 강화시켜 주었기 때문이었다.

만약 데이드릭을 입지 않았다면 전율 역시 윈드 스티어링을 신경 썼어야 했을 것이다.

그러나 지금은 윈드 스티어링이 무용지물이었다.

[데이드릭의 흡혈이 지속됩니다. 버틸 수 있는 시간은 5분입니다.]

마더가 경고했다.

'이제 끝낼 거다.'

마르스와 3분여간 공방을 주고받은 전율은 그에게 따로 숨겨둔 비기 같은 것이 없음을 눈치챘다.

전율은 한참 전부터 마르스를 수세에 밀어 넣었다.

그러면서 감춰둔 비기가 있다면 사용할 수 있도록 싸우는 도중 일부러 허점을 드러내기도 했다.

하지만 마르스는 황금 같은 기회가 와도 봉을 휘두르며 윈드 스티어링만 사용할 뿐이었다.

조심할 게 더 이상 없는 이상 싸움을 질질 끌 필요는 없었다.

그러나 마르스는 여태껏 상대해 왔던 다른 모험가들보다 레벨이 높았다.

만만하게 보인다고 서툰 공격을 가하면 반격을 해오지는 못하더라도 멀리 도망가서 어디론가 숨어버릴 수 있었다.

전율은 오러 피스트를 휘두르며 다른 손은 마르스의 다리를 겨냥하고 외쳤다.

"속박뢰!"

쐐애액! 퍽! 파지직!

"크윽!"

마르스는 다리에 속박뢰를 맞고서 전신이 굳어버리는 걸 느꼈다.

"끄으으윽!"

선 채로 석상이 되어버린 마르스에게 전율이 오러의 랭크가 오르며 얻게 된 새로운 기술을 시전했다.

"오러 버서커!"

전율의 주먹에 깃든 파란색 오러가 밝은 빛을 발했다.

그와 동시에 전율의 다리가 일정한 보법을 밟아나가며, 주먹이 휘둘러졌다.

뻐억!

"커억!"

첫 번째 한 방이 마르스의 명치에 작렬했다.

이윽고.

파앙!

오러가 작은 폭발을 일으켰다.

"크흑!"

마르스의 상의가 찢겨 나가며 맞은 부위의 살갗이 벗겨져 부어올랐다.

연달아 두 번째 주먹이 마르스의 왼쪽 뺨을 후리고서는 폭발을 일으켰다.

뻐억! 퍼엉!

"크악!"

폭발의 강도는 처음보다 더 강해져 있었다.

뿐만 아니라.

퍼억!

"으악!"

육신을 타격하는 주먹의 파워도 점점 매서워졌다.

퍼어엉!

세기를 더해가는 폭발이 연속해서 일어났다.

마르스는 아무것도 못 하고 가만히 서 있었다. 전율의 공격에 맞아 쓰러질 수도 없었다.

오러 버서커는 단일 목표를 상대로 시전될 때 그가 쓰러지지 못하도록 교묘한 루트로 연계기를 펼친다.

게다가 빠르다.

오러 버서커의 총 연계 동작은 열다섯 번. 공격도 열다섯 번이 들어가는데, 그동안 걸리는 시간이 고작 5초에 달한다.

전율의 주먹은 마르스의 전신 구석구석을 사정없이 두들겨 팼다.

폭발은 계속해서 강도를 더해갔다.

"끄으아아악!"

여유 가득하던 마르스의 얼굴엔 어느새 고통만 가득했다.

그의 옷은 전부 찢어져 넝마가 되었다.

뻐억! 콰아아앙!

어느새 열세 번째의 연격이 펼쳐졌다.

마르스의 팔과 다리는 이미 이상한 각도로 휘어 있었다. 뼈가 부러진 것이다.

늑골 뼈도 이미 골절되었고, 입에서는 피를 토했으며, 얼굴은 형태를 알아보기 힘들 정도로 뭉개졌다.

뻐어억! 콰아아앙!

열네 번째 연격은 복부에 꽂혔다.

맨살에 오러를 얻어맞으니 피부가 찢어졌다.

곧바로 인 오러의 폭발에는 속의 장기가 전부 터졌다.

그리고 마지막 열다섯 번째 연격이 이어졌다.

빠아아아악!

그것은 마르스의 심장에 꽂혔다.

"커헉……!"

마르스의 눈이 홉떠졌다.

쩍 벌어진 입에서는 입에 머금고 있던 피와 뽑혀 나간 치아가 후두둑 떨어졌다.

쿠와아아아앙!

이어 오러 피스톨을 시전했을 때와 맞먹는 폭발이 일었다.

퍼석!

그 충격파를 고스란히 받아낸 마르스의 심장은 견디지 못하고서 결국 터져 버렸다.

"끄으…….."

전율이 오러 버서커를 시전한 필드 위는 한바탕 태풍이 휘몰아치고 간 것처럼 황량했다.

주변의 나무와 풀이 모두 파괴되어 적갈색의 뒤집어진 흙더미만 가득했다.

전율은 마르스의 심장에서 주먹을 뗐다.

털썩.

이미 숨이 끊어진 마르스는 볼품없이 쓰러졌다.

휘이이이이―

한 줄기 스산한 바람이 불었다.

그것은 마르스의 시체를 어루만졌다. 이내 시체는 사라지고 마나 하트의 조각이 전율의 몸에 흡수되었다.

"······."

"······."

그 자리에 있던 모든 모험가들의 시선이 전율에게 집중되었다.

이미 그들은 오러 버서커가 시전되는 순간 자신들이 전쟁 중이라는 것도 잊어버리고 있었다.

하지만 넋을 놓아버리는 건 좋지 못한 선택이었다.

필드 위에 살아남은 이의 수는 전율과 이제린, 하투만을 포함해 총 13명.

그중에서 다섯이 잠깐 정신을 판 그 순간 하투만의 창에 찔려 유명을 달리했다.

퍼뜩 정신을 차린 다섯 모험가가 제들끼리 싸우는 것을 그만두고 도망치기 시작했다.

그러나.

쐐애액! 푸푹!

이제린의 화살에 두 명이 맞아 죽었다.

나머지 셋은 전광석화처럼 따라붙은 전율의 주먹질에 죽어 넘어졌다.

'좋아. 딱 셋이 살아남았지만 이왕 죽이기 시작한 거, 저 엘프도 잡자고.'

하투만이 이제린을 노리며 빠르게 달려들었다.

이제린 역시 살기를 느끼고서 화살을 하투만에게 겨냥했다.

실라페와 살라만다는 하투만의 주변에서 정령 마법을 시전하기 직전이었다.

한데 그때.

"멈춰."

둘 사이를 전율이 가로막고 섰다.

이제린은 활을 거두었고, 정령들의 마법을 중지시켰다.

하투만 역시 이제린에게 겨눴던 창끝을 위로 들어 올린 뒤, 창대를 바닥에 쿡 찍어 브레이크 삼아 뜀박질을 멈췄다.

"으차차차! 동료였어?"

하투만이 묻자 전율은 고개를 끄덕였다.

"그래. 우리 셋만 살아남았다면 더 싸울 필요는 없어."

"그게 아니라면?"

"아직 끝나지 않은 것일 테고, 숨어 있는 모험가들을 찾아내 잡아야지."

"아주 당연한 걸 물어봤네. 아무튼 결례를 범해서 미안해, 엘프 아가씨. 난 하투만. 그쪽은?"

"제가 엘프라는 걸 아시는 거 보니 같은 대륙 출신인가 보네요. 반가워요. 이제린 에틸이라고 해요."

"오케이. 다음번에도 이런 식으로 만나게 되면 잘해보자고."

"좋아요."

"전율도, 오케이?"

"그러지."

전율의 대답을 들으며 하투만은 희희낙락했다.

'저런 괴물을 적으로 삼아서는 절대 안 되지.'

그의 시야에 다시금 전율의 머리 위에 적힌 전투 능력 수치가 들어왔다.

'2,327,000.'

Chapter 35.
모태 솔로

[축하드립니다. 전율 님, 이제린 에틸 님, 하투만 청 님은 모험가의 던전에서 최후의 생존자 3인이 되었습니다. 퀘스트를 종료합니다. 보너스 보상은 없습니다.]

"데이드릭 해제."

퀘스트를 종료한다는 페이의 말을 듣자마자 전율은 데이드릭을 벗었다.

양팔에 착용되어 있던 갑주가 사라지자, 하투만의 눈에 비치는 전율의 전투 능력 수치가 다시 표시되었다.

'518,000'

하투만이 눈을 가늘게 뜨고서 턱을 쓰다듬었다.

'역시 줄어들었어.'

하투만은 필드에 와서 처음 전율을 봤을 때 50만이 넘는 전투 능력 수치를 보고 깜짝 놀랐다.

하투만의 전투 능력 수치는 32만이었다. 사실 그는 마르스보다 강했다. 하지만 전율이 상대하고 있으니 굳이 나서지 않았을 뿐이다.

하투만은 이전 13층 필드를 세 번이나 클리어했다.

그가 난도 높은 13층 필드를 굳이 세 번씩 반복 클리어했던 건, 마스터 콜에 불려 오는 모험가들의 수준을 가늠하기 위해서였다.

하투만은 영악한 사람이다.

해서, 언젠가 모험가들끼리 서바이벌을 붙이는 퀘스트가 발생할지도 모른다고 생각했다.

때문에 모험가들의 수준을 미리 알아놓으면 서바이벌 퀘스트를 수행할 때 도움이 될 것이라 생각한 터였다.

한데 그 예상은 들어맞았다.

바로 다음 층에서 서바이벌 퀘스트가 나왔으니 말이다.

아무튼 하투만은 세 번의 파티 퀘스트를 거치며 만난 모험가 대부분이 전투력 5~6만 사이를 왔다 갔다 했고, 특출 나다고 해봐야 10만을 겨우 넘기는 수준이라는 걸 알았다.

당시 하투만의 전투력은 25만이었다.

그대로 다음 층으로 넘어가도 문제없겠다 싶었다.

서바이벌 퀘스트가 당장 다음 층에서 나오라는 법도 없었고, 자신의 실력이 제법 괜찮다는 믿음 때문이었다.

하지만 하투만은 신중했다.

신중함이 없는 절대적 자기 믿음은 교만과 자만을 불러온다.

그 두 가지는 스스로를 나락으로 떨어뜨리기에 가장 쉽다.

하투만은 12층으로 향하기 전 한 번 더 의심했고, 결국 전투 능력을 더 올리기로 했다.

그다음부터 계속 하위층을 돌며 전투 능력을 32만까지 올렸다.

그 정도면 되었다 싶어 드디어 12층으로 들어섰다.

그런데 석실에서 빠져 나오자마자 괴물을 만났다.

고만고만한 전투력 사이에서 말도 안 되는 수치를 머리 위에 달고 있는 사내가 있었다.

50만이 넘는 전투 능력을 자랑하는 건 전율이었다.

하투만은 충격에 빠져 멍하니 있다가 바로 머리를 굴렸다.

'동맹을 맺자. 그럼 이번 퀘스트는 무조건 통과야.'

게다가 언제 또 이런 퀘스트가 나올지 모르니 동맹 관계를 유지한 다음에도 계속 자신에 대한 호감도를 높여야 했다.

일단 하투만의 첫 번째 계획은 성공적이었다.

전율은 끝까지 하투만을 동료로 생각했다.

그래서 살아남았다.

'그나저나 저 갑주를 입었을 땐 정말 놀랐지.'

마흐칸과 루샹을 상대하던 전율은 마흐칸이 자폭을 할 때 데이드릭을 입었다.

하투만은 다른 모험가들을 처리하며 그런 전율을 줄곧 지켜봤다.

한데 갑주를 걸친 전율의 전투력이 거의 네 배 가까이 폭주하는 게 아닌가?

'이, 이백삼십만이 넘어?!'

하투만은 거의 기절할 뻔했다.

대체 그 갑주의 정체가 뭔지 의아했다.

'저런 말도 안 되는 사기템을 사려면 링이 많이 필요했을 텐데?'

아무리 스토어의 주인과 친해져서 전체적인 아이템 가격이 다운되었다 해도 저런 물건의 가격은 감히 엄두도 못 낼 만큼 비쌀 것이 분명했다.

'돈을 주고 샀을 리는 없어. 육신의 능력을 업그레이드시키는 데만도 엄청난 링이 드는데……'

갑주의 획득 루트에 대해 궁금해하던 하투만의 머릿속에 두 가지 가능성이 떠올랐다.

'본래 자기가 살던 세상에서 가져온 갑주이거나, 혹은 탐욕의 목걸이로 얻었겠지?'

만약 전자의 경우라면 참 대단한 물건을 가져왔구나 생각하고 넘어갈 수 있었다.

하지만 후자라면 억울할 것 같았다.

하투만도 탐욕의 목걸이를 스토어의 주인에게 구입했다.

이후 탐욕의 목걸이에게 링을 빼앗기며 열심히 키워 부화시킨 결과!

그가 얻게 된 아이템은 '파악의 눈'이라는 렌즈였다.

처음에는 링을 처먹여 놨더니 웬 잡템이 나타났냐고 발광을 하다가 아이템의 랭크가 B─인 걸 보고서 그래도 평타 이상은 나왔다며 스스로를 위로했다.

그러나 B─급 아이템인 것치고 파악의 눈은 제법 유용하게 쓰였다.

착용을 하면 그 즉시 살아 있는 생명체의 전투 능력을 수치화해서 보여주니, 하투만은 퀘스트를 진행하며 마주하는 몬스터들의 수준을 바로 파악할 수 있었다.

상대가 자신보다 강한지 약한지를 안다는 건 전투에서 매우 유리하게 작용했다.

물론 싸움엔 늘 변수가 생긴다.

때문에 숫자놀음으로 모든 상황을 결정짓는다는 건 어불성설이다.

하나, 아이러니하게도 그래서 파악의 눈이 더 큰 도움을 주었다.

하투만은 자신보다 강한 전투 능력을 가진 상대를 만났을 때, 늘 싸움에 변수를 만들어냈다.

싸움에서 '변수가 생겼다'는 건 보통 약한 자가 강한 자를 이겨 버린 상황에서 사용하는 말이다.

하투만은 상대방이 얼마나 멀리에 있든 눈에 들어오기만 하면 전투 능력을 읽을 수 있었다.

때문에 멀리 있는 몬스터의 전투 능력이 자신보다 높다고 판단되면, 정면으로 부딪히지 않았다.

우선 몸을 피해 도망친 뒤, 미리 준비해 온 도구들로 갖가지 트랩을 만들어 상대했다.

트랩은 종류도 다양했다.

올가미, 쇠 덫, 맹독이 묻은 압정처럼 클래식한 것들부터 마법 스크롤에 담긴 갖가지 마법 트랩까지.

그렇다 보니 하투만은 강한 몬스터를 만나도 죽지 않고 퀘스트를 완수할 수 있었다.

마스터 콜이 업그레이드된 이후부터는 이번 층에서 만났던 몬스터들이 강하다 느껴질 경우 그전 층을 계속해서 돌아 전투 능력을 높여 나갔다.

이처럼 파악의 눈은 하투만에게 큰 도움을 주었고 이번 퀘스트에서도 그 덕을 톡톡히 봤다.

어쨌든 아무리 그렇다 하더라도.

'저 갑주가 탐욕의 목걸이에서 나온 거라면 정말 배 아플 것 같단 말이지.'

하투만은 궁금증을 풀기 위해 전율에게 고마움을 표하며 넌지시 물었다.

"휘이익~! 살아남았네. 고마워, 친구. 네 덕분이야. 그런데 방금까지 양팔에 차고 있던 그 갑주 말이야, 그거 어디서 난 거야?"

"탐욕의 목걸이에서 얻었다."

콰르릉!

하투만의 머릿속에서 번개가 쳤다.

'부러우면 지는 건데……'

완벽하게 졌다.

"가, 갑주의 랭크는?"

"S."

번쩍! 콰르릉!

전보다 더한 천둥번개가 하투만의 머릿속을 흔들어놓았다.

'완전히 졌다. 부러워.'

하투만은 영혼이 탈탈 털린 얼굴로 비틀거렸다.

그때, 이제린도 전율에게 말을 건넸다.

"감사했어요, 전율 님. 이번에도 전율 님께 도움을 받았네요."

전율은 괜히 멋쩍어서 말없이 고개만 끄덕했다.

그때 전율 일행의 앞에 커다란 문 하나가 나타났다.

[스토어로 향하는 문이 나타났습니다. 안녕히 가십시오.]

페이의 음성이 끝나자 문이 열렸다.

그제야 부러움과 질투에 넋이 나가 있던 하투만이 정신을 차렸다.

"만남은 길게, 이별은 짧게. 나 먼저 가볼게. 즐거웠어~ 친구들!"

하투만이 씩 웃고서 문으로 들어가려다 말고 빙글 돌아섰다. 그러더니 전율에게 우다다 달려와 두 손을 덥석 잡았다.

전율은 양손에서 느껴지는 이물감에 의아한 눈으로 하투만을 바라보았다.

"뭐지?"

"선물이지. 우리의 우정을 더욱 돈독히 해줄 선물!"

하투만이 잡았던 손을 놨다.

전율의 오른손에는 중급 힐링 포션이, 왼손에는 중급 마나 포션이 놓여 있었다.

"맘에 들어?"

"그럭저럭."

전율이 피식 웃었다.

'오케이! 친구 먹었어!'

하투만은 속으로 쾌재를 부르며 손을 흔들었다.

"그럼 난 정말로 가볼게. 엘프 아가씨는 다음번에 만나게 되면 우정이 아닌 사랑을 쌓자고."

이제린이 말없이 화살에 살을 먹여 시위를 당겼다.

"으다다!"

하투만이 화들짝 놀라 문 너머로 몸을 날렸다.

"다음에 보자고들!"

하투만이 사라진 자리에 그의 음성만이 남아 휘돌다 사라졌다.

이제 필드에는 전율과 이제린 둘만 서 있었다.

"나도 가보지."

딱히 서로 할 말도 없었기에 이 자리가 어색했던 전율은 먼저 움직이려 했다.

"잠시만요."

한데 이제린이 전율을 불러 세웠다.

이제린은 전율에게 무언가를 꺼내 건넸다.

그것은 새빨간 물약이 담긴 직사각형의 엄지 손가락만 한 유리병 세 개였다.

전율은 그것을 본 기억이 있었다.

"이건 그때 내게 먹였던⋯⋯?"

"네. 피엘로니아 꽃의 즙이에요."

전율은 이전 필드에서 데이드릭을 오래 착용했다가 혈액이 부족한 지경에 이르렀었다.

그때 전율을 살린 것이 바로 이제린이 먹인 피엘로니아 즙이었다.

피엘로니아 꽃에서 짜낸 이 즙은 부족한 혈액을 바로 공급해 준다.

데이드릭을 착용하는 전율의 입장에서는 상당히 유용한 물건이었다.

"내게 주는 건가?"

"네. 보답을 받았으니 저도 무언가를 드려야죠."

"고맙게 받지."

전율이 유리병 세 개를 받아 챙겼다.

그런 전율의 얼굴을 뚫어져라 바라보던 이제린이 물었다.

"전율 님은 왜 마스터 콜에 응하신 거죠?"

"응?"

너무 맥락 없이 툭 튀어나온 물음에 전율은 잠시 대답을 못했다.

하지만 이내 생각을 정리하고서 입을 열었다.

"내가 사는 행성을 지켜야 했으니까."

"전율 님도 레모니아 님의 말을 맹신하셨네요."

"맹신?"

"그렇지 않고서야 마스터 콜에 응할 리 없으니까요. 아직 레모니아 님이 말한 악의 세력이 존재하는지 아닌지도 모르는 상황이잖아요. 그러니 그분의 말을 맹신하지 않고서는 마스터 콜에 응할 수 없겠죠."

그제야 전율은 마스터 콜에 응한 모든 모험가들이 자신과는 다르다는 걸 인지했다.

'그래, 이들은 외계 종족의 존재에 대해 몰라.'

전율이 처음 마스터 콜에 불려 가 레모니아와 마주했던 날.

그녀는 말했었다.

'언니가 다스리는 어둠의 종족이 행성을 침략하기 전에, 그 행성의 생명체들을 훈련시켜 강하게 만드는 것. 그게 제가 하려는 일이에요.'

레모니아는 아직 데모니아의 마수가 닿지 않은 행성의 사람들 중에서만 마스터 콜에 적합한 인재를 골라 호출한다.

따라서 그렇게 호출되는 모험가들은 외계 종족이 실존하는 건지, 자신들의 행성을 침략하려 한다는 게 정말인지 알 방도가 없다.

하지만 전율은 과거에서 회귀했기에 미래를 명확히 알고 있었다.

그는 레모니아의 말을 맹신한 게 아니라 누구보다 간절하게 지구를 지키고 싶어서 마스터 콜에 응한 것이다.

이제린은 그걸 모르고 있었다.

"이제린."

"말씀하세요."

"종종 흔들리곤 하나?"

"……."

이제린은 말이 없었다.

전율이 정곡을 찔렀다.

맹신.

그런 단어를 이제린이 굳이 콕 찍어서 전율에게 물었다는 것. 그건 스스로에게 던지는 자문과도 같았다.

이제린은 요즘 정말 우주를 어지럽히는 외계 종족들이 있

는 것인지, 그런 종족들이 언젠가는 자신의 행성을 침략하는
게 맞는지에 대한 의문이 들었다.

그녀의 얼굴에 난감함과 어색함이 묘하게 뒤섞여 드러났다.

그건 전율이 이제린을 만난 이후로 처음 보는 표정이었다.

이제린은 잠시 머뭇거리다가 입을 열었다.

"음… 맞아요. 요즘 전 데모니아 님의 말에 의심이 들곤 해
요."

"왜지?"

"미래는 아무도 모르는 것이니까요."

게다가 이제린은 엘프다.

엘프들은 자연의 조화와 섭리 속에서 살아가는 걸 원한다.

이제린을 제외한 수많은 엘프가 마스터 콜을 제의받았다.

하지만 모두가 거절하고 이제린만 그것을 수락했다.

아직 벌어지지도 않은 일을 타인의 말만 믿고 따라가는 건
엘프들이 추구하는 조화와 섭리에 어긋나는 일이었다.

그들은 만약 레모니아의 말을 따르지 않아 세상이 멸망한
다고 하면 그것조차 자연의 이치로 받아들일 종족들이다.

물론 끝까지 저항하며 싸울 테지만, 그래도 안 된다면 어쩔
수 없는 것이다.

그러나 이제린은 달랐다.

그녀는 레모니아의 말을 그냥 넘길 수 없었다.

엘프의 역사를 통틀어봤을 때 이것은 엄청난 이단이었다.

엘프들은 항상 같은 곳을 바라봤고 같은 것을 추구했다. 때문에 뜻이 어긋나는 경우도 없었다.

그런데 이제린이 그것을 깨뜨렸다.

그녀는 사실 순혈의 피를 받은 엘프가 아니었다.

인간 남성과 엘프 여성 사이에서 태어난 하프 엘프였다.

이제린의 어머니는 인간과 사랑을 했다는 이유로 엘프의 숲에서 쫓겨났다.

인간 남성은 엘프의 활에 맞아 죽었다.

결국 이제린은 갓난아이인 상태로 혼자 남았다.

엘프들은 그런 이제린을 어떻게 할까 고민하다가 숲에 방치하고서 일주일 뒤에 다시 찾아오기로 했다.

그럴 리는 없겠지만 그때까지도 살아 있으면 거두어들이기로 했다.

한데 일주일 후.

다시 이제린을 찾아갔을 때 엘프들은 경이로운 광경을 봤다.

"까르르르~"

행복한 웃음을 터뜨리는 아이의 곁에 숲 속 동물의 우두머리들이 모두 모여 있었던 것이다.

그들은 일주일 동안 이제린에게 젖을 먹이고, 털로 덮어 추위를 막아주는가 하면 해충들이 붙을 때마다 전부 털어내 가며 지극정성으로 돌봐주었다.

엘프들은 그것을 보고 이제린을 거두어들이기는 게 자연의 섭리라 믿었다.

이후 이제린은 하프 엘프지만 순혈의 엘프들 사이에서 무럭무럭 자라났다.

그러다가 어느 날 마스터 콜을 받은 것이다.

그때 이제린은 엘프들과 다른 목소리를 냈고, 그게 엘프 족장의 노여움을 샀다.

결국 이제린은 오비안에서 쫓겨나고 말았다.

지금도 마스터 콜이 끝나 자신의 대륙으로 돌아가면, 이제린은 엘프들과 떨어진 다른 숲에서 홀로 지내야 한다.

그것은 하프 엘프인 이제린에게 제법 고통스러운 일이었다.

그러다 보니 마음이 약해져 믿음 또한 흔들려 버렸다.

이제린은 그런 자신의 사정을 전율에게 뭔가에 홀린 듯 털어놔 버렸다.

이야기를 전부 듣고 난 전율이 이제린의 어깨에 손을 올렸다.

"이제린."

"네?"

"믿어."

"…믿으라구요?"

"레모니아 님의 말은 맞아. 그들은 분명히 침략해 온다."

이제린이 전율의 눈을 바라보았다.

그 눈엔 분명한 확신이 담겨 있었다.

"마치… 미래를 알고 있는 것처럼 말씀하시네요."

"알고 있어. 난 이미 한번 겪어봤으니까."

"겪어… 봤다구요?"

"그래. …내 얘기도 들려주지."

*   *   *

전율의 이야기를 다 듣고 난 이제린은 놀란 표정을 감추지 못했다.

"그게… 정말인가요?"

믿기 힘든 얘기였다.

하지만 믿지 않을 수도 없었다.

전율이 허튼소리를 하는 남자가 아니라는 걸 단 두 번 만났지만 이제린은 알 수 있었다.

게다가 또 하나 믿음이 가는 건.

'이런 이야기를 지어낼 수 있을 만큼 거짓말에 능숙한 사람

이 못 돼.'

전율이 의외로 순박했기 때문이다.

"그래. 그들은 분명히 쳐들어와. 그러니 의심할 시간에 조금이라도 더 강해지려고 노력해. 지금은 고되고 힘들겠지만, 외계 종족이 침략하는 그날, 이제린이 행성을 지켜내 준다면 분명 모든 엘프가 다시 이제린에게 돌아올 거야. 그때 이제린이 다시 그들을 품어주면 돼."

전율의 그 말에 이제린은 힘을 얻었다.

그녀가 비로소 혼란스러움을 지우고 밝은 얼굴로 고개를 끄덕였다.

"알겠어요. 정말 도움이 많이 됐어요."

전율이 웃으며 손에 쥔 유리병 세 개를 흔들었다.

"이것에 대한 보답이야."

"제가 더 큰 걸 받았어요."

"언제 또 만나게 될지 모르겠지만, 그때는 조금 더 강해져 있으라고."

"그럴게요."

"그럼."

전율이 필드를 떠나려 할 때였다.

덥석.

이제린이 그의 팔을 잡아당겼다.

전율이 무슨 짓인가 싶어 뒤를 돌아봤다.

그리고 입술이 따뜻해졌다.

이제린의 작고 예쁜 얼굴이 너무나 가까이 있었다. 그녀의 달뜬 숨결이 얼굴을 간질였다.

전율이 환생하고 나서 받아본 모든 기습 중에 가장 타격이 큰 기습이었다.

정신적 대미지가 엄청났다.

이제린의 가녀린 팔이 전율의 허리를 살포시 감쌌다.

그녀의 몸에서 풍기는 향긋한 꽃 내음과 과일 향이 정신을 더욱 아찔하게 만들었다.

그 상태로 잠시 멈춰 있던 이제린은 마주 댔던 입술을 떼고 고개를 푹 숙이더니 언제 그랬냐는 듯 뒤로 크게 한 발 물러났다.

이제린이 한껏 상기된 얼굴로 애꿎은 땅만 바라보며 말했다.

"너무 받은 게 큰데 제가 지금 해드릴 수 있는 가장 큰 보답은 이거밖에 없네요. 물론 그 보답이라는 것도 제 사심이 반 이상 들어가 있었으니 제대로 된 보답이랄 수 없겠지만……."

"……."

무슨 말을 해야 하는지 알 수 없는 전율이었다.

그가 어떤 대답도 못 하고 멍하니 있자 이제린이 먼저 필드를 떠나려 했다.

"가볼게요."

이제린은 전율을 지나쳐 문으로 다가갔다.

그녀가 한 발을 문 너머로 디디는 순간.

"보답… 고마워."

전율이 말했다.

비로소 이제린은 어색한 미소나마 지어 보이며 필드를 떠날 수 있었다.

전율은 조금 전의 여운이 깊이 남아 쉬이 필드를 나가지 못하고 가만히 서 있었다.

그러자.

[스토어로 향하는 문 닫아버리기 전에 나가십시오.]

짜증 가득한 페이의 음성이 들려왔다.

"크흠."

전율은 괜히 헛기침을 하며 문으로 들어섰다.

비로소 오래도록 열려 있던 문이 닫히며 사라졌다.

아무도 없는 필드 위에 페이의 혼잣말이 울려 퍼졌다.

[어디서 연애질이입니까, 연애질이.]

절대 자기가 모태 솔로라서 질투하는 게 아니라고 되뇌는
페이였다.

Chapter 36.
셋 중 누구?

전율의 앞엔 단층의 대형 마트가 놓여 있었다.

그렇게밖에 설명할 수 없었다.

"이게 스토어?"

이전 층에서 들렀던 스토어는 생활용품, 성장용품, 전투용품을 파는 세 개의 건물로 나뉘어 있었다.

하지만 이번 스토어는 그 세 개의 건물을 합친 것보다 규모가 컸다.

거대한 정사각형의 대리석으로 지어진 넓은 건물은 안에서 어떤 물건들을 팔고 있을지 기대감까지 불러일으키게 만들었다.

전율이 스토어로 들어서기 전, 가지고 있는 아이템을 전부 꺼내 확인했다.

현재 그가 가지고 있는 건 중급 힐링 포션 네 개, 중급 마나 포션 세 개, 피엘로니아즙 세 개였다.

전에 사두었던 하급 힐링 포션과 하급 마나 포션은 하급 던전을 연속으로 돌며 다 사용했다.

사실 전율 정도의 실력이라면 하급 던전을 돌며 포션을 굳이 사용하지 않아도 괜찮았다.

마나와 체력이 고갈되면 몬스터가 없는 곳에서 쉬며 재충전한 뒤 다시 싸우면 되는 일이기 때문이다.

하지만 전율은 그러지 않았다.

처음부터 마나와 오러와 스피릿을 사용해, 던전을 돌다가 마나가 고갈되려 하면 하급 마나 포션을 아낌없이 마셨다.

보스급 몬스터와 싸울 때 잠깐 방심한 틈에 치명상을 입을 때도 하급 힐링 포션을 마셨다.

그러려고 산 것들이었다.

전율에게 하급 마나 포션과 하급 힐링 포션은 던전을 더 빨리 클리어할 수 있게 해주는 도구였다.

던전을 안전하게 클리어하기 위한 도구가 아니었다.

때문에 전율은 하급 포션들을 아낌없이 썼다.

그리고 남은 게 중급 포션들이었다.

그중에서 중급 마나 포션 하나와 중급 힐링 포션 하나는 하투만에게 받은 것이었다.

"이 정도면 일단 힐링 포션과 마나 포션은 더 사지 않아도 되겠어."

가지고 있던 아이템의 개수를 파악한 전율이 다시 바지 주머니에 그것들을 쑤셔 넣었다.

한데 주머니는 작고 소지품은 많으니 꾸역꾸역 집어넣었는데도 중급 마나 포션 하나가 도통 들어가질 않았다.

"이거 아까는 어떻게 집어넣었던 거야?"

양쪽 주머니가 가득 차서 터질 지경이었다.

전율이 머리를 긁적이며 중급 마나 포션을 바라봤다.

그때였다.

"음?"

하투만에게 중급 마나 포션을 받을 당시에는 미처 캐치하지 못했던 것 하나가 번뜩 떠올랐다.

"그러고 보니 그 녀석이 왜 마나 포션을 가지고 있던 거지?"

마나 포션은 마법을 사용하는 이들에게만 필요한 아이템이다.

마나 포션은 오로지 고갈된 마나만을 회복시켜 준다.

오러나 스피릿, 그 외의 다른 기운들은 회복시키지 못한다.

전율은 하투만을 오러를 다루는 창술가로만 알고 있었다.

그리고 하투만이 마법을 사용하는 모습 역시 보지 못했다.

한데 그는 전율에게 마나 포션을 주었다.

말인즉, 하투만은 오러뿐만 아니라 마나도 다룰 수 있을지도 모른다는 사실을 암시했다.

"이 인간 대체 정체가 뭐야?"

전율은 저도 모르게 혼잣말을 흘렸다.

마나를 사용한다는 걸 일부러 숨긴 건지, 딱히 마나를 사용할 필요가 없었던 건지 알 수가 없었다.

하투만은 그런 인간이었다.

정확히 파악이 되지 않았다.

가벼운 것 같으면서도 묵직했고, 믿음이 가다가도 의심스러웠다. 어찌 되었든 이제 또다시 볼 수 있을지 없을지도 모르는 인간이다.

그런 인간에 대해 생각하느라 괜한 시간을 버릴 필요는 없었다.

전율은 스토어 안으로 들어섰다.

딸랑.

문이 열렸다 닫히며 종소리가 울렸다.

기대했던 대로 스토어의 매장은 넓었다.

그런데 예상치 못했던 광경이 전율의 눈에 들어왔고, 그는 석상처럼 굳어버렸다.

"어서 오세요~ 전율 님! 잘 지냈죠? 우리 오래간만이네요."

"율아, 반가워. 뭐 사러 왔어?"

"전율 님, 오셨나요? 전 전율 님에게 가장 필요한 것들만 보여 드릴게요."

"……."

전율에게 말을 건 사람은 차례대로 유리아, 김지우, 이제린이었다.

'대체 뭐야 이거?'

전율은 혼란스러웠다.

왜 전율이 아는 여인 셋이 여기에 있는 것인가?

게다가 전율을 더 혼란스럽게 만드는 건 그녀들의 복장이었다.

유리아는 검은색 브래지어와 팬티, 스타킹에 가터벨트를 착용했고, 붉은 구두를 신었다.

그 외에 다른 옷은 전혀 걸치지 않았다.

지우는 경찰복을 입고 있었는데, 전체적으로 몸매가 그대로 드러날 만큼 타이트했다.

거기에 상의는 단추 세 개를 풀어 헤쳐 가슴골이 노골적으로 드러났다. 하의는 엉덩이 살이 보일 만큼 짧았다. 디자인과 색만 경찰복이지 그냥 핫팬츠라고 하는 게 더 어울렸다.

'경찰복에 스타킹과 하이힐은 또 웬 말이냐.'

전율이 고개를 절레절레 저었다.

마지막으로 이제린은…….

'또 교복…….'

예전에 아이딜이 유리아의 모습으로 전율을 맞이할 당시 입었던 그 교복이었다.

속옷이 보일 만큼 짧은 치마에, 상의는 배꼽이 드러나도록 리폼된 그 교복 말이다.

세 사람은 나란히 서서 전율을 맞이했다.

전율은 당황스러운 와중에서도 무심코 이제린의 몸매가 감히 비교할 데 없이 완벽하다 느꼈다.

'이게 아니야.'

의식의 흐름대로 방황하던 정신을 움켜쥔 전율이 셋 모두에게 물었다.

"누가 아이딜이야?"

그러자 그들은 동시에 대답했다.

"저예요, 전율 님~! 이 모습, 많이 기대하지 않았나요? 유리아 좋아시잖아요~ 오늘 나 어때요? 맘에 들어요?"

"율아, 나도 아이딜이야. 지우로 나타난 건 처음이라 당황스럽니?"

"전율 님, 저도 아이딜이에요. 늘 도움만 받았으니 오늘은

제가 전율 님께서 좋은 아이템을 살 수 있도록 열심히 도와드
릴게요."

대답을 듣고 나니 더 혼란스러웠다.

전율이 검지로 셋을 하나씩 가리키며 재차 물었다.

"셋 다… 아이딜이라고?"

"네~"

"어떻게 그런 게 가능하지?"

"여기는 마법의 공간이니까."

"이해되지 않겠지만, 마스터 콜 내에서는 가능하답니다."

그리고 보니 13층의 스토어는 건물이 세 개로 나뉘어 있었
는데, 어느 건물로 들어가든 아이딜이 있었다.

그러니 지금 이런 현상도 말이 안 되는 건 아니다.

다만 너무 당황했을 뿐이다.

잘 아는 여인 세 명이 하나같이 어디에 눈을 둬야 할지 모
를 도발적인 차림으로 서 있으니 당연한 일이었다.

"근데 왜 셋이나 있는 거야? 하나면 되는 거 아니야?"

"여기는 매장이 넓으니까 내가 혼자서는 영업하기 힘들거
든."

"지구의 백화점 같은 곳이라고 생각하면 되실 거예요. 아닌
가? 아직은 대형 마트쯤으로 해두죠, 뭐~!"

"전율 님, 지금 전율 님은 우리와 잡담을 나누기보단 아이템

을 사는 데 주력하시는 게 좋을 듯해요."

지우, 유리아, 이제린이 차례대로 말했다.

전율은 누구에게 어떤 대답을 해야 할지 혼란스러웠다.

일단은 그녀들을 똑바로 바라보는 것 자체가 힘들었다.

그도 그럴 것이 아이딜은 레드싱 일족이다.

레드싱 일족은 전율의 가장 강렬한 기억만을 읽을 수 있다.

강렬한 기억들 중 하나는 전율의 성적인 부분도 포함되어 있다. 그것을 읽으면 성적 취향이 파악되는 것이다.

그러니까 지금 세 여인이 입고 있는 복장 모두 전율의 성적 취향을 저격하고 있다는 말이 된다.

때문에 부끄러웠다.

마치 주변의 아는 여인들을 상대로 야한 생각을 하다가 들켜 버린 기분이었다.

아이딜이 유리아 한 명으로만 변해서 야릇한 의상을 입었을 땐 그나마 버틸 수 있었는데, 셋이 저러고 있으니 의연한 척 넘기기가 무척 힘들었다.

그때 유리아가 전율에게 다가와 팔짱을 꼈다.

물컹.

"율 님, 저는 생활용품 매장을 담당하고 있어요. 같이 가요."

그러자 지우도 전율의 반대쪽 팔에 딱 달라붙었다.

물컹.

"율아, 성장용품부터 보러 가자."

이에 질세라 이제린이 전율의 뒤에서 백허그를 시전했다.

물커엉.

"제가 먼저 도움드릴 수 있게 해주세요. 전투용품부터 보시지 않겠어요?"

갑자기 이 무슨 하렘이란 말인가.

좋기는 한데 마냥 좋아할 수도 없는 전율이었다.

아이딜이 유리아로 변했을 때 상대할 수 있었던 건, 아직 전율이 그녀와 개인적 친분은 없었기 때문이다.

공인이었기에 그런 야한 복장을 입어도 일종의 성적 판타지로 치부하고 넘어갔다.

한데 지금은 유리아를 알고 있다.

지우와 이제린 역시 아는 사람들이다.

이건 뭔가 좀 죄를 짓는 듯한 느낌이 들었다.

세 사람의 육탄 공격 속에서 혼이 탈탈 털려가던 전율은 갑자기 떠오르는 생각이 하나 있어, 그녀들을 모두 떼놓고 물었다.

"잠깐만. 너희들, 모두 아이딜이랬지?"

"네~!"

"응."

"맞아요."

"아이딜은 내가 가장 좋아하는 여인의 모습으로 변한다 그러지 않았었나?"

"맞아요~! 잘 기억하고 계시네요."

"그렇지."

"확실히 그래요."

"그럼… 설마 여기 있는 세 명의 여인이 모두……?"

유리아, 지우, 아이딜은 동시에 고개를 끄덕였다.

"내가 좋아하는 여인들이라고?"

그러자 유리아가 손을 번쩍 들었다.

"이건 내가 설명할게요."

"설명해 봐."

"그러니까~ 처음 전율 님께서 스토어를 방문하셨을 땐 일편단심 유리아밖에 없었어요."

일편단심이라고 하니까 어쩐지 부끄러워지는 전율이었다.

"그런데 어느 순간 제가 다른 모습으로 전율 님을 맞이했었죠?"

"그랬지."

"그때는 전율 님의 마음속에 또 다른 존재가 들어왔었거든요."

"또 다른 존재?"

유리아는 옆에 서 있는 지우를 가리켰다.

"얘요."

"지우?"

지우가 방긋 미소 지었다.

"맞아, 나. 내가 네 마음속에 있더라고. 유리아만큼이나 너는 날 신경 쓰고 있었어. 하지만 둘 중 어느 한쪽을 진정 이성으로서 좋아하는 건 아니었지. 그냥 호감 정도였달까?"

그건 맞는 말이다.

전율은 그녀들을 연애의 대상으로 생각한 적은 한 번도 없었다.

"아무튼 율이 네가 둘에게 주는 마음이 같으니 난 어느 쪽으로도 변하지 못했던 거야. 차라리 지금처럼 매장이 커서 여럿이서 관리해야 했다면 둘 모두로 변했겠지만, 당시에는 불가능한 일이었지. 작은 스토어에서의 난 오로지 하나니까. 여기까지 이해했어?"

"이해했어."

전율은 대답을 하면서도 조금 소름이 끼쳤다.

지우의 모습으로 변한 아이딜은 지우와 말투, 행동, 사소한 제스처 하나까지 전부 똑같았다.

그 말인즉, 그런 지우의 특징을 전율이 자신도 모르게 기억하고 있다는 것 아닌가?

"그래서 오늘은 네가 스토어에 들어오면 한 명은 유리아, 한 명은 나, 그리고 한 명은 얼마 전 네 맘속에 자리 잡은 또 다른 여인으로 있으려 했어. 그런데 갑자기 후보에도 없던 여인 한 명이 마지막 여인을 밀어내 버린 거야."

지우가 이제린을 바라보았다.

이제린은 한 손으로 가슴을 지그시 누르고 입을 열었다.

"네. 그게 저예요."

"이제린이……."

전율의 시선이 저도 모르게 그녀의 입술로 향했다.

아직까지도 전율은 따스하고 촉촉했던 그 감촉을 잊을 수 없었다. 아니, 조금 전의 일인 것마냥 생생했다.

어찌 되었든 전율은 이제린의 키스 한 방으로 유리아, 지우 이외에 마음 안에 있던 또 다른 여인을 밀어낸 것이다.

그렇다면.

"그 또 다른 여인은 누구야?"

"글쎄요~ 누굴까요?"

"그러게 누굴까?"

"스스로 생각해 보시겠어요?"

셋의 반응을 보며 전율은 확실히 느꼈다.

이건 명백히 아이딜의 의지라는 걸. 전율을 놀리고 싶어 하는 의지!

하지만 이런 혼란 속에서 아이딜에게 계속 놀아나고 싶지는 않았다.

"됐고. 아무튼 알았어. 한데… 내 예상에 네가 셋으로 늘어난 건 단순히 매장이 커졌기 때문은 아닌 것 같은데."

"그럼?"

지우가 눈을 동그랗게 떴다.

"매장이 커졌다는 건 핑계고, 내 성적 판타지를 더욱 강하게 자극해서 몸을 팔기 위함이겠지."

"와아~ 전율 님, 진짜 눈치 하나는 당해낼 수가 없겠어요."

유리아가 손뼉을 짝! 치며 감탄했다.

전율의 예상이 딱 들어맞았다.

스토어를 관리하는 레드싱 일족은 몸을 팔아서도 돈을 벌기 때문에 이런 식으로 모험가를 유혹하는 것이다.

"전율 님, 혹 오늘은 절 안을 생각이 있으신지……?"

이제린은 양 볼이 새빨갛게 달아올라 물었다.

전율은 고개를 저었다.

"아니, 그럴 생각 없어."

전율이 단호하게 거절하자 세 여인이 동시에 한숨을 푹 쉬었다.

그 짧은 한순간만큼은 유리아, 지우, 이제린이 아니었다. 그냥 아이딜이었다. 그녀의 본심이 드러난 것이다.

하지만 언제 그랬냐는 듯 다시 밝은 표정을 짓는 여인들이었다.

유리아가 다시 전율의 오른팔에 매달렸다.

"아무튼 저랑 생활용품부터 보러 가실 거죠?"

지우도 왼팔에 매달렸다.

"나랑 전투용품부터 보자~"

이제린이 전율의 앞을 가로막고 섰다.

"율 님, 성장용품부터 보는 게 어떨까요?"

"율 님, 확실히 하세요. 저예요, 지우예요, 이제린이에요?"

"율아, 당연히 나지?"

"율 님, 저랑 같이 가요."

세 여인이 전율에게 누굴 먼저 선택할 것이냐는 부담스러운 눈빛을 보냈다.

그것은 마치 자기들 중 누가 가장 좋냐고 묻는 것만 같았다.

유리아냐, 지우냐, 이제린이냐.

그녀들 사이에서 한참 동안 고민하던 전율이 결국 선택을 내렸다.

Chapter 37.
신안(神眼)

　마스터 콜에서 돌아온 전율의 품엔 스토어에서 산 배낭 하나가 들려 있었다.

　전율은 그것을 보며 중얼거렸다.

　"인피니트 백(Infinite Bag)."

　인피니트 백은 전율이 스토어에서 산 아이템 중 하나였다.

　8만 링짜리로 어떤 물건이든 가방의 입구에 들어갈 수 있는 크기라면 무한대로 집어넣을 수 있는 유용한 아이템이었다.

　전율은 인피니트 백을 열어 거꾸로 뒤집어서 탈탈 털었다.

백 안에서 마나 하트의 조각 26개와 큰 조각 다섯 개, 중급 힐링 포션 네 개, 중급 마나 포션 세 개, 피엘로니아 즙 세 개, 그리고 마나 루트 세 개가 나왔다.

마나 하트의 큰 조각과 마나 루트를 빼면 나머지는 기존에 전율이 가지고 있던 것들이었다.

마나 하트의 조각 26개는 필드에서 모험가들을 죽이고 얻었다.

인피니트 백과 성장용품을 사고 남은 링은 9만 링 정도였다.

다른 아이템은 일절 사지 않았다.

전투용품 중에서는 좋아 보이는 게 제법 있었다. 하지만 방어구들은 현재 전율의 입장에서 딱히 필요하지 않은 것들이 대부분이었다. 강철수를 마시고 오러를 4랭크까지 올린 것만으로도 어지간한 공격엔 타격을 입지 않는 육신을 갖게 되었기 때문이다.

아울러 그 어떤 것보다 믿음직한 갑주, 데이드릭이 있었다.

무기들도 그럴듯한 것들이 많았다. 하나 전율은 여태껏 두 주먹으로 싸워왔다.

무기에 부가된 능력이 좋다고 익히지도 않은 검, 창, 활, 메이스 등등을 샀다가는 오히려 제 발목을 잡을 게 뻔했다.

전율은 앞으로도 어지간해서는 전투용품을 살 일이 없을

것이라 판단했다.

생활용품들은 여전히 특이한 게 많았다.

그중에서도 전율의 눈에 확 들어온 건 책장에 진열된 서적들이었다.

서적들의 제목은 이러했다.

'요리왕의 길', '절대미각에 대해', '악기의 신', '작곡의 끝', '헤엄쳐서 대륙 두 바퀴 반', '절대기억! 어렵지 않다', '대장장이의 이해', '공간이동백서' 등등.

전부 생활에 관련된 서적들이었다.

중요한 건 그 서적들을 읽으면 그 분야에 관련된 기술이 는다는 것이다.

전율이 마나 사이펀에 관련된 책을 읽고 그것을 할 수 있게 된 것처럼 말이다.

여러 가지 서적 중 전율은 작곡의 끝이라는 게 가장 끌렸다.

슬럼프에 빠진 전대국에게 주고 싶었기 때문이다. 하지만 가격을 보고 다음에 구입하기로 했다. 책의 가격이 무려 4만 링이나 했기 때문이다.

대신 전율은 인피니트 백을 구입했다. 그리고 용품 매장에서 마나 하트의 큰 조각 다섯 개와 마나 루트 세 개를 샀다.

이불 위에 늘어놓은 물건들을 보던 전율이 피식 웃었다.

"난감했지."

그가 스토어에서 있었던 일을 회상했다.

"율 님, 성장용품부터 보는 게 어떨까요?"

"율 님, 확실히 하세요. 저예요, 지우예요, 이제린이예요?"

"율아, 당연히 나지?"

세 여인이 동시에 그렇게 묻는데 상당히 난감했던 게 사실이었다.

누굴 선택해야 하는 건지 고민하느라 한동안 전율은 꿀 먹은 벙어리가 됐다.

세 여인은 빨리 선택하라며 재촉했고, 점점 마음이 조여왔다.

셋 중 가장 좋아하는 여인이 있다면 갈등 없이 선택했겠지만 그게 아니었기 때문이다.

그러다 문득 이러지도 저러지도 못하고 난감해하던 전율의 머릿속에 떠오르는 생각이 있었다.

'잠깐… 모습은 다 달라도 결국은 한 사람이잖아?'

그랬다.

전율의 앞에 있는 이들은 서로 다른 모습을 하고 있었지만 아이딜 한 사람이었다.

그걸 깨닫는 순간 전율의 정신이 맑아졌다.

고민할 필요도 없는 문제였다.

전율은 명쾌하게 대답했다.

"셋 다 아이딜이니까 누구라도 좋아."

그 한마디로 모든 게 해결되었다.

세 명의 여인은 똑같은 미소를 입에 물고 더는 전율을 괴롭히지 않았다.

게다가 스토어에서 파는 아이템들의 가격이 전체적으로 10퍼센트 다운되었다.

아이딜의 호감을 사서 물건의 값이 떨어진 것이다.

전율은 무사히 쇼핑을 마치고 스토어를 나설 수 있었다.

한데 바로 현실로 돌아올 수는 없었다.

전율의 주변 광경이 모래처럼 무너져 내리며 하얀 공간이 나타났고, 그 안에서 다시 한 번 레모니아를 만나게 되었다.

그녀는 전율에게 미처 전하지 못한 이야기가 있어, 그 공간으로 소환했다고 말했다.

그게 뭐냐고 묻는 전율에게 레모니아는 마스터 콜의 바뀐 시스템에 대해 알려주었다.

마스터 콜은 전율이 발을 들이고 나서 짧은 시간 동안 시스템이 큰 폭으로 업그레이드되었었다.

한데 그 과정에서 미처 예기치 못한 문제가 일어났다.

마스터 콜을 무한정 이용할 수 있게 되면서 정신적 피로감을 무시하고 계속 접속하는 이들이 우후죽순 생겨났다.

강해진다는 것의 열망이 그들을 무리하도록 만든 것이다.

전율도 마스터 콜을 열 번 연속으로 이용하고서 급격한 정신의 피로를 느껴 구토를 한 일이 있었다.

다행히 거기에서 멈췄지만, 그럼에도 불구하고 계속해서 접속하는 이들 중 대부분이 정신 분열을 일으켰다.

레모니아는 이런 일을 방지하고자 마스터 콜의 시스템을 한 번 더 뒤집었다.

그로 인해 현재는 하루에 다섯 번으로 마스터 콜을 이용할 수 있는 한도가 조정되었다.

레모니아는 전달해야 할 정보만 알려준 뒤, 전율을 다시 현실로 보내주었다.

현재 시간은 새벽 한 시.

전율이 잠자리에 눕던 그 시간이었다.

"하루에 다섯 번이라."

마스터 콜의 이용에 제한이 생긴 게 아쉽긴 했지만, 그 정도로 만족해야 했다.

전율도 직접 경험해 본바, 다섯 번 이상 이용할 때부터 정신적 피로감이 크게 쌓인다는 걸 느꼈었다.

"오늘은 네 번 남았군."

전율은 앞에 수북이 쌓인 마나 하트의 조각을 보며 남은 네 번도 전부 12층을 도는 게 어떨까 생각했다.

링을 얻을 수 없는 건 아쉽지만, 스토어에서도 대량으로 구입하기 힘든 마나 하트의 조각을 이렇게 많이 얻을 수 있으니 욕심이 났다.

"일단은 먹고 생각하자."

전율은 마나 하트의 조각 하나를 입에 넣으려 했다.

한데 육미호가 말을 걸어왔다.

─우리 주인~ 그걸로 어떤 힘을 키울 거야?

"오러."

─오러? 그보다는 스피릿에 투자하는 게 어때?

"스피릿은 마나 하트의 도움을 받지 않아도 성장도가 올라가. 굳이 스피릿에 투자할 필요가 없는 것 같은데."

─그렇긴 하지만~ 당장 주인의 전력을 대폭 업그레이드시킬 수 있는 방법이 떠올라서 그러는데, 들어볼래?

육미호가 좀 가볍긴 해도 허튼소리를 하는 여인은 아니었다.

"말해봐."

전율의 허락이 떨어지자 육미호는 신나서 혀를 놀렸다.

―나 말이야, 실은 사신(四神)이 숨어 있는 곳을 알아낼 방법이 있거든?

"사신? 사신이라면 혹시……."

육미호는 전율이 짐작하는 바가 무언지 알아채고 바로 수긍했다.

―맞아. 동(東)청룡, 서(西)백호, 남(南)주작, 북(北)현무. 그 사방신(四方神)들 말이야.

사방신!

전설 속에서나 회자되는 상상의 동물들이다.

한데 육미호는 그 사방신들이 실존한다 말하고 있었다.

전율이 가만 생각해 보니 전생에서 미라클 엠페러 중 한 명이었던 테이머 시저 역시도 피닉스를 테이밍했었다.

피닉스는 고대 이집트에서 만들어낸 상상의 신조(神鳥)라는 설이 지배적이었다.

그런데 시저는 그 피닉스를 찾아냈고, 자신의 소환수로 만들었다.

그런 상황에서 사신 역시 존재하지 말란 법은 없었다.

한데 육미호가 더욱 흥미로운 얘기를 꺼냈다.

―만약 사방신들을 전부 주인의 소환수로 만들 수 있다면 사방신의 호위를 받으며 중앙을 지키는 오방신(五方神) 황룡(黃龍)도 만날 수 있다는 거~

"황룡?"

―응~ 물론 황룡을 주인이 테이밍할 수 있을지는 잘 모르겠지만~ 그게 가능하다면 잭팟이야.

그 말을 듣는 순간 전율의 전신이 짜릿한 전기에 감전이라도 된 것처럼 바르르 떨려왔다.

'오방신 황룡이라고?'

사신을 만나 그들만 테이밍할 수 있어도 대박이었다.

그런데 그야말로 전설 속 모든 생명체 중 최강이라 일컬을 수 있는 용을 테이밍한다니?

생각만 해도 가슴이 뛰었다.

―어때? 가능할 것 같아?

육미호의 물음에 전율이 고개를 끄덕였다.

"얼마나 대단한 놈인지는 모르겠지만 기필코 테이밍한다."

―용이라니까? 쉽게 생각할 상대가 아니야. 엄청 강할 거라고.

"그럼 내가 더 강해져서 테이밍한다."

―어머나, 우리 주인 박력 쩔어. 이래서 내가 주인만 보면 촉촉하게 젖는 거야~

"육미호. 사신들 중 하나라도 만나본 적이 있나?"

―있지~ 금강산에서 백호를 만났었어. 그때 진짜 잡아먹히는 줄 알았는데, 나한테는 별로 관심 없어 보이더라? 그래서

후다닥 도망쳤지.

"그럼 묻지. 백호랑 나랑 비교했을 때 누가 더 강하지?"

육미호는 잠시 고민하다가 대답했다.

—엇비슷해.

"그런가?"

다행이라면 다행이었다.

전설 속에서만 회자되는 신수인지라 말도 못하게 강하면 테이밍하는 게 불가능할 테니 말이다.

하지만 엇비슷한 실력이라면 어떻게 해서든 테이밍할 자신이 있었다.

한데 조금 실망스럽기도 했다.

사신의 수준이 겨우 그 정도밖에 되지 않는 건가? 하는 생각이 들었다.

그러나 육미호의 다음 이야기에 전율은 자신이 섣불렀음을 알았다.

—우리 주인이 데이드릭을 입었을 때라면 말이야.

데이드릭을 입었을 때 전율의 전투 능력은 평소의 네 배나 뛰어오른다.

그 정도 수준이 되어야 신수와 엇비슷하다는 말이었다.

'그러면 그렇지.'

전율은 김이 빠지면서도 마음이 안도되는 기묘한 감정을 느

껐다.

아무튼 테이밍의 기본은 정신을 지배하는 것이다.

때문에 사신을 때려잡을 수 있는 육신의 힘과 함께 스피릿의 레벨도 높아야 테이밍이 가능하다.

이런 구조를 잘 알고 있는 육미호는 전율이 스피릿에도 마나 하트로 투자를 하는 게 좋을 것이라 생각했다.

전율도 그런 육미호에게 동의했다.

"그래, 스피릿을 업그레이드시켜야겠어. 한데 사방신이 어디에 숨어 있는지는 어떻게 알 수 있지?"

─사방신 지킴이 환(幻)을 잡으면 돼.

"지킴이 환? 그건 누구야?

─사방신의 연락책이야. 사방신은 하도 은밀하게 숨어 다녀서 서로 연락이 안 되는 경우가 비일비재하거든. 그래서 환이라는 도깨비를 연락책으로 삼았어. 사방신이 어디 있는지는 오로지 환만이 알고 있어. 사방신은 서로 모여야 할 일이 있을 때 늘 환에게 찾아가 다른 사방신의 위치를 물어보지.

"내비게이션 같은 놈이군."

전율이 툭 던진 말에 육미호가 까르르 웃었다.

─우리 주인 유머 감각도 정말 좋네~? 어쩜 이렇게 다 매력적일까?

그때 갑자기 초백한이 끼어들었다.

―저… 얘기 중에 죄송한데요.

―죄송하면 끼어들지 마.

육미호가 당장 초백한의 입을 막으려 했다.

―죄, 죄송하다고 사과했으니까 죄송할 짓 할래요.

―이 꿩대가리가 많이 컸다? 오늘 털 다 뽑아 한번?

―끼루루루! 시, 싫어요!

두 소환수가 싸우고 있자니 여태껏 잠자코 있던 디오란이 입을 열었다.

―싸움은 좋지 않아요. 그만하세요.

―하! 뭐야? 너도 나대려고? 그래. 여태껏 혼자 고고한 척하는 꼴이 영 맘에 안 들었는데 잘됐다. 떡 본 김에 제사지낸다고, 정전기 네 이년! 초백한이랑 싸잡아서 밟아주겠어.

―당하고만 있지는 않겠어요.

―그, 그럼 두 분 싸우시고 저는 주인님이랑 얘기 좀…….

―죽·고·싶·니·꿩·대·가·리?

―끼, 끼루루루루!

"다들 그만."

전율이 셋의 싸움을 중재했다.

"디오란, 육미호는 조용히 하고, 초백한은 하려던 얘기 계속해 봐."

―감사합니다, 주인님! 실은 저… 하고 싶은 말이 있었는데

요. 그… 마나 루트 한 뿌리만 저 주시면 안 될…….

"안 돼."

—…….

말이 다 끝나기도 전에 잘라 버리는 전율이었다.

"그럼 다시 사방신 이야기를 해보자. 육미호, 그 환이라는 놈은 어디 가야 찾을 수 있지?"

—중국의 황산. 그 재수 없는 도깨비는 거기 살아.

"그놈도 만나본 적이 있는 모양이군. 한데 중국의 황산이라고?"

—응.

생각지도 못한 나라의 이름이 튀어나오자 전율은 조금 난감해했다.

'중국에 있다니.'

녀석이 한국에 있었다면 당장이라도 찾아갔겠지만 중국은 그럴 수가 없었다.

하긴, 세상은 넓고 나라는 많은데 환이라는 녀석이 한국에 있으란 법은 없었다.

아울러 백호를 제외한 다른 사신들도 전 세계 곳곳에 뿔뿔이 흩어져 숨어 있을지 모를 일이었다.

'비행기와 친해져야 할지도 모르겠군.'

그런 생각을 하던 전율의 크게 떠졌다.

'가만. 아까 생활용품 매장에서 분명 공간이동백서라는 책을 봤었는데?'

그 책이 전율이 생각하는 것처럼 자유롭게 공간이동이 가능하도록 만들어주는 책이라면 기동력이 훨씬 좋아질 터였다.

전율은 일단 그런 고민은 나중에 하기로 했다.

지금은 스피릿을 올리는 게 먼저다.

―마음 정한 거야, 우리 주인?

"그래, 스피릿을 올린다."

전율이 마나 하트의 조각 26개와 마나 하트의 큰 조각 다섯 개를 천천히 씹어 삼켰다.

그의 뱃속에서 한 덩이로 뭉친 거대한 기운이 느껴졌다.

전율이 머리에 응집된 스피릿을 아래로 끌어 내려 거대한 기운에 접촉시켰다.

그러자 그 기운은 스피릿과 같은 성질의 것으로 변했다.

전율은 변한 기운을 머리에 전부 갈무리시켰다.

스피릿의 기운이 크게 불어나는 것이 느껴졌다.

이윽고 마더의 음성이 들렸다.

[스피릿의 랭크가 5가 되었습니다. 스피릿의 힘으로 사용 가능한 스킬이 늘었습니다. 테이밍 가능한 생명체의 수가 늘어났습니다. 스피릿의 힘으로 사용 가능한 모든 기술의 힘이

더 강력해졌습니다.]

전율은 상태창을 열어 스피릿 카테고리를 살폈다.

〈전율 님의 능력치〉

.

.

.

[스피릿]

랭크 : 5

성장도 : 12%

사용 가능 기술 : 위압(危壓), 호의(好意), 지배(支配), 최면(催眠), 신안(神眼)

테이밍 가능한 생명체의 수 : 3/9

테이밍된 생명체 : 초백한, 육미호, 디오란

테이밍 가능한 생명체의 수가 아홉으로 늘어났고, 신안이라는 새로운 기술이 생겼다.

"마더, 새로운 기술에 대해 설명해 봐."

[신안은 신수를 볼 수 있는 눈입니다. 아울러 일반인의 시

선으로 볼 수 없는 또 다른 것들을 볼 수 있게 됩니다.]

신수를 볼 수 있다는 건 알아듣겠는데, 그 뒤의 설명이 애매했다.

"일반인의 시선으로 볼 수 없는 또 다른 것들이 정확히 뭘 말하는 거야?"

[사람의 눈으로는 볼 수 없는 현상이나 구별할 수 없는 존재들을 구별하게 됩니다.]

"정확히 설명한 거 맞아?"

[전 시저가 말했던 것을 그대로 전달해 드린 것뿐입니다. 시저는 신안에 대해 딱 그만큼만 이야기했습니다. 구별할 수 없는 존재들을 일찍 구별하게 되었다면 지구에 닥칠 재앙이 더 빨리 다가올지도 몰랐기에, 신안을 나중에서야 얻은 걸 다행이라 생각한다 했었습니다.]

전율은 마더의 얘기를 도통 이해할 수가 없었다.

하지만 더 물어봤자 속 시원한 대답을 듣기는 힘들었다. 마더는 메모리에 저장된 정보 외의 것은 전혀 모르기 때문이다.

전율이 질문하는 걸 그만두고 황산에 갈 일정부터 조정해 보기로 했다.

"가족들한테는 비밀로 해야겠지."

놀러 가는 게 아니라 도깨비를 잡으러 가는 마당에 사실대로 얘기하기엔 무리가 있었다.

그렇다고 다른 이유를 대며 둘러대자니 그것도 귀찮았다.

무엇보다 소율이가 난리를 칠 게 뻔했다.

소율이의 평생소원이 비행기 타고 해외여행 한번 가보는 것이었다.

아마 전율 혼자서 간다 그러면 진드기처럼 달라붙을 게 뻔했다.

이러나저러나 말을 아예 안 하는 게 상수였다.

쇠뿔도 단김에 빼랬다.

전율은 컴퓨터를 켜서 항공 사이트에 접속했다. 당장 아침에 중국으로 가는 비행기를 예매할 참이었다.

한데 그가 깜빡하고 있던 게 있었다.

"아… 지금은 여권이 없었지."

전생의 전율에겐 여권이 있었다.

하지만 새로운 삶을 살게 된 전율은 여권을 가지고 있지 않았다.

"여권부터 만들어야겠네."

빨리 환을 잡으러 가려 했는데 여권 때문에 계획에 차질이 생겼다.

여권을 발급받으려면 빨라도 4일은 걸린다. 상황에 따라선 일주일이 걸릴 수도 있다.

그리고 중국 비자도 필요하다.

비자는 여권을 발급받은 후에 신청할 수 있다.

비자 역시 여권처럼 바로 발급되는 게 아니다. 최소 5일은 기다려야 한다.

결국 중국에 가려면 바쁘게 일을 처리해도 족히 10일은 걸린다는 것이다.

"우선은 도청부터 가야겠군."

지킴이 환을 잡으러 가는 건 어쩔 수 없이 미뤄졌다.

컴퓨터를 끈 전율은 이부자리로 돌아와 마나 루트 세 뿌리 중 두 뿌리를 천천히 씹어 삼켰다.

그러자 청아한 마나의 기운이 절로 심장에 갈무리되었다.

이번에 구입한 마나 루트는 50년 근이라 마나의 성장도가 제법 올라 있었다.

"소환, 초백한."

전율이 초백한 소환했다.

한데 평소 같았으면 천진난만하게 헤헤 웃으며 아양을 떠느라 정신없었을 초백한이 이번엔 입을 딱 다물고서는 전율과 눈도 마주치지 않았다.

마나 루트를 주지 않아 단단히 삐친 것이다.

그런 초백한에게 전율이 하나 남은 마나 루트를 들이밀었다.

그러자 초백한의 눈이 휘둥그레졌다. 초백한은 혹시나 하는 얼굴로 전율을 바라봤다.

그 모습이 귀여워 전율이 피식 웃으며 고개를 끄덕였다.

"그래, 먹어라. 네 몫이다."

그에 초백한은 마나 루트를 덥석 물려다 말고 머리를 휘휘 저었다.

"아, 안 먹을 거예요!"

"진짜?"

"저도 자존심이 있다구요! 끼루루루!"

"그래? 그럼 어쩔 수 없지."

전율이 마나 루트를 먹는 시늉을 했다.

그러자 초백한이 다급하게 소리쳤다.

"주, 주인님!"

"왜?"

"그, 근데 그냥 장난친 거였어요? 마나 루트 한 뿌리는 워, 원래 저 주려던 거였어요?"

"응. 그랬는데 네가 안 먹겠다니 그냥 내가 먹어야지."

전율이 다시 입을 크게 벌렸다.

초백한이 전보다 더 다급하게 말했다.

"그, 그렇다면 이번엔 그냥 넘어갈게요!"

"그냥 넘어가?"

"네, 네! 화, 화가 다 풀린 건 아니지만 주인님께서 장난쳤던 거라고 하니까 마나 루트는 먹을게요. 끼루루루!"

전율은 그런 초백한의 머리를 쓰다듬고서 마나 루트를 내밀었다.

초백한은 마나 루트를 남한테 빼앗길세라 정신없이 먹어치웠다. 그러고서는 비로소 만족한 얼굴이 되었다. 초백한은 끼루루~ 하고 콧노래를 부르며 부리로 털을 골랐다.

그런 초백한을 다시 봉인시킨 전율이 이불 위에 드러누웠다.

다시 마스터 콜에 접속할 셈이었다.

오늘 하루 동안 마스터 콜에 접속할 수 있는 횟수는 총 네 번.

"전부 다 12층을 돈다."

링을 모아 데이드릭을 업그레이드하는 것도 좋지만 우선은 전율 스스로가 성장해야 할 때였다.

12층에서는 모험가를 죽이면 마나 하트의 조각을 주니, 성장을 위해서는 거기만큼 좋은 곳이 없었다.

천천히 눈을 감은 전율은 마스터 콜에 접속했다.

환한 빛이 그의 정신을 또 다른 차원으로 데려갔다.

*   *   *

[12층에 다시 오신 걸 환영합니다. 다른 행성에서 마스터 콜을 이용한 모험가 중 전율 님과 동시간대에 12층을 찾은 모험가는 142명입니다.]

　처음 12층에 접속했을 때는 82명의 모험가가 있었다.

　한데 지금은 142명이나 동시에 접속을 했다고 한다.

　전율이 가져갈 수 있는 마나 하트의 조각이 늘어난 것이다.

[필드의 입구를 개방합니다.]

　석실의 한쪽 면이 떨어져 나가고 초목으로 가득한 숲이 나타났다.

　전율이 석실 밖으로 나가 주먹을 말아 쥐었다.

　"다 내가 잡는다."

　그가 먹이를 사냥하는 맹수처럼 날렵하게 튀어 나갔다.

*   *   *

"으음."

마지막 다섯 번째 마스터 콜에서 돌아온 전율이 눈을 떴다.

몸을 일으킨 그는 냉장고를 열어 물부터 찾아 마셨다.

"꿀꺽! 꿀꺽! 후우. 역시 다섯 번 이후부터 정신적 대미지가 심하게 쌓이겠어."

레모니아의 말대로 마스터 콜은 다섯 번까지가 딱 적당한 것 같았다.

12층을 처음 클리어한 뒤, 네 번을 연속으로 클리어한 전율은 마나 하트의 조각을 총 308개나 모을 수 있었다.

아울러 카잔을 두 번이나 더 만났고, 마르스를 한 번 만났다.

두 사람은 전율을 만나는 족족 눈을 까뒤집으며 달려들었다. 하지만 결과는 언제나 똑같았다. 전율의 압도적인 승리였다.

마흐칸과 루상도 각각 세 번째, 네 번째 마스터 콜을 함께 했다.

마흐칸은 다시금 재회한 전율을 적대시했고, 결국 죽음으로 그 대가를 치러야 했다.

하지만 루상은 전율에게 동맹을 제의했다.

전율은 그것을 받아들였고 결과적으로 그녀는 최후의 3인이 되어 12층 퀘스트를 클리어할 수 있었다.

마지막 다섯 번째 마스터 콜에서는 루카인을 만났다.

루카인은 전율을 몹시도 반겼다. 전율 역시 그런 루카인이 싫지 않았다. 두 사람은 바로 동맹을 맺었고 당연한 얘기지만 12층을 가뿐하게 클리어했다.

아쉽게도 이제린은 다시 만날 수가 없었다.

그렇게 다섯 번의 마스터 콜을 모두 마치고서 얻게 된 마나 하트의 조각은 전부 인피니트 백에 담겨 있었다.

전율이 인피니트 백에서 마나 하트를 하나씩 꺼내 입으로 넣었다.

마나 하트의 조각이 300개가 넘으니 그걸 다 먹는 것도 일이었다. 그나마 다행인 건, 마나 하트의 조각은 섭취하는 즉시 마나의 기운으로 변했기에 포만감과는 아무런 상관이 없었다는 것이다.

전율은 마나 하트의 조각으로 얻은 마나 중 3분의 1을 오러에, 나머지를 스피릿에 투자했다.

[오러의 랭크가 5가 되었습니다. 오러가 더욱 강력해졌습니다. 오러의 힘으로 사용 가능한 스킬이 늘었습니다.]

전율이 상태창을 열었다.

〈전율 님의 능력치〉

[오러]

랭크 : 5

성장도 : 5%

색 : 보라색

사용 가능 기술 : 오러 피스트(Aura Fist), 오러 애로우(Aura Arrow), 오러 피스톨(Aura Pistol), 오러 버서커(Aura Berserker), 오러 플라즈마(Aura Plasma)

[마나]

랭크 : 5

성장도 : 85%

사용 가능 기술 : 뇌섬(雷殲), 속박뢰(束縛雷), 뇌전(雷電)의 창(槍), 폭뢰(爆雷), 뇌신(雷神)

[스피릿]

랭크 : 5

성장도 : 87%

사용 가능 기술 : 위압(危壓), 호의(好意), 지배(支配), 최면(催眠), 신안(神眼)

테이밍 가능한 생명체의 수 : 3/9

테이밍된 생명체 : 초백한, 육미호, 디오란

[착용 중인 아이템]
一마갑 데이드릭〈귀속〉 : S급 아티팩트. 제3형태.
250,000링을 흡수하면 성장함

"오러 플라즈마."
전율은 그 기술을 눈앞에서 본 적이 있었다.
전생의 마지막 순간.
미라클 엠페러 댄젤 존스는 외계 종족에게 오러 플라즈마
를 시전했었다.
댄젤 존스가 익힌 것 중 최강의 기술이라 할 수 있는 게 바
로 이 오러 플라즈마였다.
게다가 오러의 색도 보라색으로 바뀌었다.
지구에서 오러의 힘을 사용할 수 있는 이들 중, 궁극에 달
한 이 역시 댄젤 존스였다.
그의 오러는 보라색이었다.
전율은 지금 댄젤 존스의 수준까지 올라서게 된 것이다.
"오러의 힘은 여기까지인가?"
전율의 혼잣말에 마더가 대답했다.

[더 성장 가능합니다.]

"그걸 어떻게 알지?"

마더는 메모리에 저장된 사실만 이야기한다.

전생에서 오러로 댄젤보다 높은 경지에 오른 이는 없었다. 때문에 그 이상의 영역에 대해서는 정보가 없을 것이다. 한데 마더는 확실하게 더 성장이 가능하다 말했다.

전율이 의아해서 물으니 마더가 바로 말을 이었다.

[전율 님의 오러는 아직 계속 성장하고 있습니다. 때문에 성장도의 수치가 올라간 겁니다. 만약 성장이 멈췄다면 성장도 역시 Max로 표시되었겠죠. 저는 메모리에 없는 정보에 대해 얘기할 수 없지만, 전율 님의 육신을 관찰할 수 있습니다. 때문에 오러가 더 성장하는 것이 가능하다고 말씀드릴 수도 있습니다.]

"그렇단 말이지."

어쩌면 댄젤보다 더 높은 경지까지 바라볼 수 있을지도 모른다. 아니, 꼭 그렇게 되어야 한다.

전율이 상대했던 데모니아는 악몽 그 자체였다.

외계 종족들을 모두 물리친 다음엔 최종적으로 그 괴물과 맞서 싸워야 한다.

그렇다면 전생의 미라클 엠페러들보다 더욱 강해져야 했다.

'반드시 그렇게 되고야 만다.'

결의를 다진 전율이 상태창의 하단에 있는 스피릿을 살폈다.

스피릿에 마나 하트의 조각에서 얻은 마나를 무진장 쏟아 부었더니 성장도가 제법 올라 있었다.

"내일도 12층만 돈다."

전율은 인피니트 백을 한켠에 놓고 다시 자리에 누워 눈을 감았다.

오랜 시간이 지나지 않아 달콤한 수마가 그를 깊은 잠 속으로 인도했다.

*　　　*　　　*

아침 일찍부터 김진세에게 연락이 왔다.

ㅡ어이, 미친놈.

김진세는 전율을 이런 식으로 막 부르고, 막 대했다.

하지만 전율은 딱히 거부감을 느끼지 않았다. 김진세는 원래 그런 인간이기 때문이다.

"왜 전화했습니까."

ㅡ좀 봅시다?

"무슨 일이죠?"

─말하는 꼬라지하고는. 꼭 일이 있어야 봐? 그냥 심심해서 볼 수도 있는 거 아닙니까~ 예?

"그럼 다음에 보죠. 난 심심하지 않으니까."

─야, 야! 미친놈! 진짜 성격하고는. 실은 댁들 가족한테 식사 한 끼 대접하고 싶어서 연락한 겁니다.

"갑자기 무슨?"

─레드 슈즈로 우리 회사 돈방석에 앉게 해줬는데 여태껏 대접 한 번 못 한 것 같아서. 겸사겸사. 오늘 아침 어때? 시간 되죠?

"보통 대접은 점심이나 저녁으로 하지 않습니까? 우리 가족들 시간이 안 되는데요."

─다른 때는 내가 시간이 안 되네? 유리아도 워낙 바빠서 이후에는 시간 내기 힘들어. 혼자서라도 올 거면 오고 아님 말고. 한 시간 내로 오지 않으면 대접이고 뭐고 다 귀찮아질 것 같으니까 알아서 하는 걸로.

통화는 그렇게 끊겼다.

전율이 스마트폰을 멍하게 바라보다가 한 마디를 툭 내뱉었다.

"미친놈."

Chapter 38.
괴이한 사람들

유리아의 회사 초리미디어를 찾아가기 위해 밖으로 나온 전율은 깜짝 놀랐다.

"이건 또 뭐야."

길거리를 지나다니는 사람들의 몸에서 푸른빛이 보였기 때문이다.

은은하게 신체를 감싸고 있는 푸른빛은 모든 사람에게서 볼 수 있었다.

[신안의 능력이 완전히 자리 잡아 100% 개방되었습니다. 앞

으로 신안은 패시브 스킬처럼 굳이 발동하지 않아도 늘 사용할 수 있게 됩니다.]

마더의 대답에 전율이 고개를 주억거렸다.
"그래? 그럼 지금 내가 보고 있는 푸른빛은 뭐야?"

[시저는 그에 대해 세상에 얘기한 적이 없습니다.]

"정보가 부족하니 대답할 수 없다는 얘기군."
결국 전율은 푸른빛이 사람의 일반적인 기운이라고 판단했다.
푸른빛은 모두의 몸에서 흘러나오고 있었지만 그 강렬함이 달랐다.
대체로 연약해 뵈는 사람들의 빛이 약하고, 건장한 이의 빛이 강했다.
한데 때때로 그다지 건장한 체구가 아님에도 강렬한 빛을 내뿜는 사람들이 있었다.
하지만 자세히 보면 체구가 작을 뿐, 몸이 전체적으로 다부진 데다가 속에 품고 있는 기운이 상당함을 느낄 수 있었다.
그래서 전율은 그 푸른빛이 한 사람 한 사람의 기운을 나타낸다는 걸 알 수 있었다.

"특이한 능력이긴 하군."

신안이 있으면 앞으로 마스터 콜에서 만날 몬스터나 모험가들의 수준도 꿰뚫어 볼 수 있을 터였다.

단순히 신수를 찾는 데만 도움이 되는 게 아니라 전투에서도 유용하게 쓰일 만한 능력이었다.

전율은 콜택시를 불러놓고 도로변에서 기다렸다.

그러고 보니 차를 한 대 뽑는다는 걸 여태 깜빡하고 있었다.

돈이야 이제 아쉬울 게 없을 정도로 많으니 차는 언제든지 뽑을 수 있는 일이다.

언제쯤 새 차를 장만하러 갈까 생각하던 전율의 시야에 지금까지 보아왔던 이들과 조금 다른 사람이 들어왔다.

'뭐지?'

전율이 집 밖으로 나와 마주친 모든 사람들은 푸른빛을 띠고 있었다. 그 빛의 강렬함에 차이가 있을 뿐, 색이 다르진 않았다.

그런데 지금 건너편 인도를 걷고 있는 약관의 청년은 몸에서 붉은빛을 흘리고 있었다. 게다가 그 빛이 상당히 강렬했다.

청년을 관찰하던 전율은 그에게서 느껴지는 특이한 분위기가 낯설지 않음에 고개를 갸웃거렸다.

'왜 이렇게 익숙한 거지?'

잠시 고민해 봤지만 답은 나오지 않았고, 그사이 콜택시가

도착했다.

전율은 의아함을 한편으로 밀어둔 채 택시에 올라 기차역으로 향했다.

*　　　*　　　*

초리미디어는 상봉역 근처에 있었다.

ITX에 오른 전율은 상봉역에서 내려 초리미디어를 찾아갔다.

돈을 그렇게 벌었으면서 회사는 아직 예전의 그 초라한 빌라 그대로였다.

띵동—

전율이 벨을 눌렀다.

—누구십니까.

인터폰에서 김진세의 음성이 흘러나왔다.

"전율입니다."

—한 시간 넘었습니다.

"춘천에서 상봉까지 한 시간에 오는 게 가능할 것 같습니까?"

—어쨌든 한 시간 안에 오지 않으면 밥 없다고 한 것 같은데?

"문 안 열면 부숴 버립니다."

—해보시든지. 어차피 곧 이사 갈 거라서 미련 따위 없……

쾅!

전율이 문을 걷어찼다.

터텅!

힘없이 떨어져 나간 철문이 그대로 거실에 드러누웠다.

인터폰을 들고 있던 김진세가 황당한 시선으로 철문과 전율을 번갈아 보다 버럭 소리쳤다.

"야 이 미친놈아!"

전율이 씩 웃고서 김진세에게 가운데 손가락을 날렸다.

그때 안방에서 놀란 얼굴의 유리아가 튀어나왔다.

"무슨 소란이에요? 어? 율 님! 엥? 근데 문짝은 왜 저기 누워 있어요?"

"아 진짜 이 돌아이 새끼."

김진세가 관자놀이를 꾹꾹 눌렀다.

*   *   *

전율, 김진세, 유리아, 세 사람은 입구가 뻥 뚫린 거실에 빙 둘러앉아 자장면과 탕수육을 먹었다.

"아침 대접한다더니 겨우 중식?"

전율이 비아냥거렸다.

"그쪽이 문짝을 뜯어놓는 바람에 어디 나가서 먹을 수가 있

어야 말이지. 도둑이라도 들면 책임질 겁니까? 아니, 근데 무
슨 힘이 이렇게 무지막지해요? 처음 봤을 때부터 보통내기가
아닌 줄은 알았는데, 진짜 기절하겠네. 어디서 사람 때리고 그
러지 마요."

"율 님 같은 보디가드 있으면 무서울 게 없겠어요."

김진세와 유리아가 한마디씩 했다.

하지만 전율의 귀에는 그들의 얘기가 잘 들어오지 않았다.

사실 그는 문짝이 떨어져 나간 이후 김진세를 보는 순간부
터 상당히 놀라 있었다.

그의 몸에서 강렬한 붉은빛 기운이 일렁였기 때문이다.

'춘천에서 보았던 사람의 것과 똑같아.'

그리고 전율은 알았다.

춘천에서 봤던 붉은 기운의 사람에게서 느껴지는 분위기가
익숙했던 건, 김진세 때문이었다.

전율이 그와 처음 마주했을 때 김진세는 보통 사람과 다르
다는 걸 확 느꼈다.

김진세에게는 스피릿의 힘이 전혀 먹혀들지 않았었다.

그때부터 평범하지 않은 이라는 걸 짐작하고는 있었다.

한데 이제 그 짐작이 확신으로 바뀌었다.

김진세의 몸에서 흘러나오는 붉은빛은 그가 보통 사람이
아니라는 걸 증명해 주었다.

"혹시 취향이 그쪽인가?"

전율이 김진세를 물끄러미 바라보고 있자니, 그가 자장면을 먹다 말고 물었다.

"그쪽?"

"남자 좋아하냐고. 왜 이렇게 뚫어져라 쳐다봐요? 체하겠네. 아, 그리고 난 여자에 환장합니다. 절대 그쪽 아니에요."

"나 역시 남자를 좋아하는 건 아닙니다."

"그럼 다행이고. 빨리 먹어요. 면 다 불어요."

김진세는 다시 자장면을 흡입했다.

'대체 뭘까?'

왜 다른 사람들은 다 푸른빛이 보이는데, 춘천의 한 사람과 김진세에게서만 붉은빛이 보이는 걸까?

전율이 자장면을 먹는 둥 마는 둥 하며 고민하고 있을 때였다.

냐앙~

살짝 열린 안방 문틈으로 하얀 고양이 한 마리가 걸어 나왔다.

"유리아, 저 새끼 탕수육 뺏어 먹을라고 기어 나왔다. 저리 가. 쉭~ 쉭~ 나 먹을 것도 없다."

김진세가 젓가락 든 손을 휘저으며 말했다.

"우리 모리~ 나왔어?"

유리아가 고양이의 이름을 부르며 품에 꼭 안았다.

전율의 시선이 무심코 고양이에게 향했다.

그런데 고양이에게서도 빛이 보였다. 빛의 색은 붉었다. 다만, 김진세나 춘천에서 봤던 그 사람처럼 강렬하지 않았다.

아주 미약하게 일렁일 뿐이었다.

아무튼 중요한 건 왜 고양이에게서도 붉은빛이 보이느냐 하는 것이었다.

고민이 이어지는 사이 유리아는 모리를 안방에 다시 넣고 문을 닫았다.

전율은 들고 있던 자장면 그릇을 탁 놓고 일어섰다.

그런 전율을 김진세가 이상하게 쳐다봤다.

"아, 먼지 나요! 왜 그래, 왜?"

"잠깐 나갔다 올게요."

"밥 먹다 말고? 가정교육을 뭐 어떻게 받은 거야?"

"아유, 대표님 말 좀 예쁘게 해요!"

"야이씨, 내 말투 거지 같은 건 안 되고, 저 인간 식사 매너 없는 건 괜찮냐?"

유리아는 김진세의 항의를 싹 무시하고 전율에게 물었다.

"율 님, 왜 그래요? 무슨 일이에요?"

"그래, 씹어라, 씹어. 무슨 놈의 회사 대표의 위엄이 오백 원짜리 껌이랑 도긴개긴이냐."

김진세가 툴툴거렸다.

전율은 유리아에게 대답 한마디 없이 빌라 밖으로 다급히 나갔다.

유리아가 그런 전율의 뒷모습을 보며 고개를 갸웃했다.

"왜 그러지?"

"자장면이 입에 안 맞나 보지! 중국집 찾아가서 주방장 두들겨 팰라나 보다. 왜 자장면에 완두콩 안 넣었냐고. 에라이!"

"어? 그러고 보니 진짜 완두콩 없네요?"

"다신 여기서 안 시켜!"

김진세가 먹던 자장면 그릇을 바닥에 내팽개쳤다.

유리아가 멀뚱히 김진세를 보다 말했다.

"다 먹었잖아요? 양념까지 핥아 드셨구만."

"내가 시킨 거 안 먹는다고 했냐? 다시는 안 시킨다고 했지."

"아~ 그렇네. 냠. 탕수육은 맛있어요. 쩝쩝."

"…하나씩 집어 먹어라, 하나씩."

*　　　*　　　*

전율은 빌라 단지 내 구석구석을 돌아다녔다.

그러면서 길거리에 지나다니는 강아지와 고양이, 나무에 앉아 있는 참새 등등 다른 동물들을 살폈다.

"다 붉어."

동물들의 몸에서 흘러나오는 빛은 붉었다.

뿐만 아니라 곤충들 역시 붉은빛에 싸여 있었다.

즉, 사람이 아닌 모든 생명체가 붉은빛을 내뿜는 것이다.

식물은 예외였다.

식물에게서는 아무런 빛도 보이지 않았다.

"그렇다면 김진세는 사람이 아니란 말이야?"

이런 식의 유추를 해버리면 춘천에서 봤던 그 청년도 사람이 아니라는 얘기가 된다.

전율은 이번엔 빌라 단지를 드나드는 사람들을 관찰했다.

그들의 몸을 감싼 건 전부 푸른빛이었다.

붉은빛은 없었다.

"이상하군."

스피릿이 업그레이드되며 얻은 신안의 능력으로 전율은 일반인이 볼 수 없는 현상을 보게 되었고, 구별할 수 없는 존재들을 구별할 수 있게 되었다고 마더는 말했다.

일반인이 볼 수 없는 현상이란 바로 사람의 기운을 빛으로 보게 된 것을 뜻하는 것 같았다.

그리고 구별할 수 없는 존재들을 구별할 수 있게 되었다는 건 사람과 사람이 아닌 존재를 말하는 듯했다.

"잘 생각해 보자. 마더가 내게 해준 말은 결국 시저의 인터

뷰에서 따온 것이었다."

시저가 말한 구별할 수 없는 존재들이 대체 무엇일까?

시저는 구별할 수 없는 존재들을 일찍 구별했더라면 지구에 닥칠 재앙이 더 빨라졌을지도 모른다는 얘기까지 했다.

수수께끼 같은 말이었다.

확실한 해답은 얻지 못한 채, 의문만 곁도니 머리가 더 복잡해지는 기분이었다.

전율은 당장 풀 수 없는 문제는 일단 접어두기로 했다.

그리고서는 오로지 붉은빛과 푸른빛에 대한 것만 파고들었다.

"사람이 아닌 것들은 전부 붉은빛을 내고 있다… 라고 확신하기도 힘들군."

혹시 모르는 일이다.

푸른빛을 내는 동물이나 곤충이 있는데 전율이 아직 보지 못한 것일 수도 있었다.

자리를 너무 오래 비웠다.

전율은 답을 찾지 못한 채 다시 초리미디어의 사무실로 향했다.

*　　　*　　　*

"어딜 갔다 온 거야? 덕분에 탕수육 배부르게 먹긴 했지만 말이죠."

김진세가 이쑤시개로 이 사이사이를 쑤시며 말했다.

유리아는 빈 그릇들을 정리해 밖에 내놓고 들어왔다.

"율 님. 무슨 일 있는 거죠?"

전율이 고개를 저었다.

"아니. 아무것도 아니야."

"하여튼 희귀종이라니까. 그나저나 저 문짝 어쩔 겁니까?"

김진세가 여전히 드러누워 있는 문짝을 곁눈질했다.

전율이 지갑에서 십만 원짜리 수표 한 장을 꺼내 건넸다.

"알아서 수리하세요."

"고작 한 장?"

"싫으면 말구."

김진세는 수표를 탁 낚아채 갔다.

"봐준다, 내가."

"이사는 언제 합니까?"

"모레. 신축 빌딩 건물로 들어갈 거야. 아, 그리고 이거."

김진세가 품에서 메모지 한 장을 내밀었다.

전율이 받아 보니 메모지에는 어딘가의 주소가 적혀 있었다.

"뭡니까?"

"약속했던 전대국 씨 작업실. 지금 살고 있는 집에서 멀지 않은 곳에다 마련했으니까 편하게 사용하세요. 아, 그런데 월세는 알아서 내는 걸로."

김진세는 유리아가 큰 성공을 거두면 작업실을 내주겠단 약속을 지켰다.

물론 유리아가 성공을 거두긴 했으나 아직 그녀의 수입이 다 정산된 건 아니었다.

그럼에도 사무실을 옮기고 작업실을 마련할 수 있었던 건 케이자동차의 주식이 터지면서 돈을 크게 벌었기 때문이다.

"부담 없이 받죠."

전율이 메모장을 품에 넣고 다시 손을 내밀었다.

김진세가 그런 전율을 아래위로 흘겨보다가 물었다.

"뭐?"

"열쇠."

"비밀번호야! 누가 요새 열쇠 쓰니? 율 씨 그렇게 안 봤는데 좀 시대에 뒤처지네?"

"그럼 비밀번호를 알려주시든가."

"0630. 참고로 내 생일……."

"반가웠어요, 유리아. 다음에 봐요."

"네~! 조심히 들어가세요~!"

전율이 미련 없이 뒤돌아서 사무실을 나갔다.

김진세가 멍하니 현관을 바라보다가 미간을 찌푸렸다.

"저런 싸가지. 고맙다는 말 한마디가 없어?"

유리아가 김진세의 등을 퍽! 때렸다.

"악! 뭐야?"

"아니~ 대표님 얘기 듣다가 나도 누군가가 생각나서요~"

"무슨 말이야?"

"어느 소속사 대표가 말이죠~ 돈을 그렇게 벌어다 줬는데 고맙다는 말 한마디 없더라구요."

"…쩝."

김진세는 그저 머리만 긁적였다.

*　　　　*　　　　*

초리미디어를 방문하고 나서 하루가 지났다.

전대국은 전날 핸드폰도 꺼놓고 집에도 들어오지 않아 차마 작업실 이야기를 건넬 수가 없었다.

아마도 도이연의 작업실에서 작곡에 몰두하는 중일 것이다.

전율은 전대국을 방해하지 않기로 했다.

어차피 작업실 이야기야 집에 들어왔을 때 하면 된다.

새벽 일찍 일어난 전율은 산에 올라 마나 사이펀과 체력 훈련을 한 뒤, 곧바로 마스터 콜에 접속했다.

이번에도 그는 12층 필드로 들어섰다.

늘 그렇듯 석실의 한 면이 떨어져 나가며 필드에 발을 디딘 전율은 주변을 둘러보고서 눈을 홉떴다.

필드에 있는 모험가들이…….

전부 몸에서 강렬한 붉은빛을 뿜어내고 있었다.

*　　　*　　　*

마스터 콜에서 돌아온 전율은 인피니트 백에서 마나 하트의 조각을 꺼내 먹으며 생각에 잠겼다.

'모험가들은 다 붉은빛을 내고 있었다.'

그렇다면 마나 하트를 받아들일 수 있는 이들은 붉은빛, 받아들일 수 없는 이들은 푸른빛을 내는 것일까?

'하지만 동물들도 붉은빛을 내고 있어.'

만약 위의 가정이 맞다면 동물들은 전부 마나 하트를 받아들일 수 있어야 한다는 결론이 나온다.

따라서 그건 아닐 것이다.

'지구인과 모험가들의 차이점이 뭐지?'

고민은 깊어지고 길어졌지만 여전히 답은 나오지 않았다.

그새 마나 하트의 조각 74개를 전부 집어 먹었다.

전율은 마나 하트의 조각으로 얻은 기운을 오러에 투자했다.

오러가 빨리 성장해야 전율의 육신이 강해지기 때문이다.

오러의 랭크는 현재 5였으며 성장도는 38%였다.

"일단 내려가자."

수련도 다 했겠다, 산에 더 있을 필요는 없었다.

무엇보다 땀을 흘린 뒤 씻지도 못한지라 영 찝찝했다.

후다닥 달려서 금세 집에 들어온 전율이 화장실로 들어섰다.

그런데 거울에 비친 자신의 모습을 보고 깜짝 놀랐다.

"어라?"

여태껏 몰랐는데 전율의 몸에서도 푸른빛이 흘러나오고 있었다.

"나도 보통 사람들과 똑같은 푸른빛이 나와?"

모험가들은 전부 붉은빛을 내고 있었다.

전율 역시도 모험가다.

그런데 전율의 몸에선 푸른빛이 나온다.

말인즉, 모험가들과 전율의 차이점이 무언지만 알아내면 이 수수께끼를 풀 수 있다는 것이다.

'생각해 보자. 모험가들과 나. 그 사이에 가장 큰 차이점. 그 건…….'

한참 동안 답을 찾아 헤매던 전율의 머릿속에 무언가가 떠올랐다.

그가 여태껏 스스로에게 던지던 물음 속에 답이 있었다.

근본적인 걸 전율은 놓치고 있었던 것이다.

"지구인!"

전율은 지구인이고, 모험가들은 다른 행성에서 태어난 사람들이다.

그들은 지구인들의 입장에서 보자면 같은 사람이라기보다는 외계의 존재들이라 할 수 있었다.

동물들 역시 사람이 아니다.

한마디로 전율의 신안은 '지구에서 나고 자란 사람'과 그렇지 않은 존재들을 구별할 수 있는 것 같았다.

'그렇다면 김진세는 결국 지구인이 아니라는 말밖에 되지 않아.'

그게 가장 문제였다.

왜 김진세에게서도, 그리고 우연히 지나친 춘천의 어느 청년에게서도 붉은빛을 보게 된 건지.

전율은 당장 밖으로 나갔다.

그리고 붉은빛 청년을 우연히 보았던 그 장소로 향했다.

시간을 확인하니 일곱 시였다.

그때도 이 무렵 정도에 청년이 이곳을 지나갔었다.

제발 한 번만 더 여기를 지나갔으면 했다.

만약 청년을 만나지 못한다면 전율은 당장 김진세를 찾아갈 참이었다.

그런데 하늘이 전율의 바람을 들어주었다.

저 멀리서부터 강렬하게 붉은빛을 피워내는 청년이 다가오고 있었다.

전율은 딴청을 부리며 그를 기다렸다.

그러다 그가 지척에 다다르는 순간, 위압의 기운을 전개해 그를 옭아맸다.

하지만.

"……."

청년은 아무런 영향도 받지 않고 전율을 그냥 지나쳐 갔다.

'김진세와 같은 반응이다!'

전율은 확신했다.

김진세도 저 청년도 보통 사람은 아니다. 지구인이 아닐 수도 있다!

전율이 청년에게 다가가 그를 불러 세웠다.

"저기!"

청년이 휙 뒤돌더니 손가락으로 자신을 가리켰다.

"저요?"

"그래, 거기."

"내 이름은 저기, 거기가 아니라 박지철인데? 그리고 초면에 말이 짧네요?"

박지철이 미간을 구겼다.

전율은 박지철에게 터벅터벅 다가가 단도직입적으로 물었다.

"아무것도 못 느꼈습니까?"

"뭐를요?"

전율은 위압의 강도를 더욱 세게 했다.

"지금 내가 그쪽한테 보내는 기운."

박지철이 전율을 가만히 바라보다가 뒤통수를 긁적였다.

"그… 저 도 같은 거 안 믿어요. 수고하세요."

박지철이 돌아서서 가던 길을 마저 가려는 그때였다.

초백한이 다급하게 입을 열었다.

─주인님! 저 사람도 김진세처럼 이상한 기운이 느껴져요!

초백한은 김진세를 처음 만났을 때, 보통 사람과 다른 특이한 기운이 느껴진다고 했었다.

─아~? 확실히 그러네? 김진세도 그렇고 저 인간도 그렇고. 이건… 좀 이상한데, 주인? 내가 사람의 간을 그렇게 빼먹었잖아? 그래서 사람의 육신이 흘리는 기운을 확실히 파악하고 있거든? 그런데 김진세랑 저놈한테서 흘러나오는 기운은 사람의 것이 아니야.

육미호도 초백한의 말을 거들었다.

─저도 초백환과 육미호의 말에 동의해요. 정령은 상대방의 본질적인 기운을 느낄 수 있습니다. 그런데 김진세 님과 저분에게서는 여태껏 만나왔던 지구인들과 다른 기운이 느껴

지네요.

　세 명의 소환수가 같은 말을 하는 이상 더 고민할 필요는 없었다.

　전율은 당장 박지철의 뒷덜미를 잡아채 확 끌어당겼다.

　"으앗!"

　박지철이 위태롭게 비틀거리다가 겨우 중심을 잡고 섰다.

　그의 눈이 부릅떠졌다.

　"뭐하는 거야!"

　"너 정체가 뭐냐?"

　"뭐래?"

　"사람 아니잖아, 새끼야."

　"……."

　박지철은 어처구니없다는 듯 콧방귀를 탕 뀌었다.

　"하! 진짜 요새 또라이들이 많다더니. 고소하기 전에 이거 놔."

　"싫다면."

　"고소해야지 뭐."

　박지철이 주머니에서 스마트폰을 꺼내려 했다.

　순간.

　퍽!

　"억!"

전율의 주먹이 박지철의 복부를 빠르게 가격했다.

물론 그걸 본 사람은 아무도 없었다.

두 사람 근처를 지나치던 이도 전율이 박지철을 때리는 걸 보지 못했다.

그만큼 전율의 주먹은 빨랐다.

한데 보통 이 정도의 스피드로 사람을 패면 얻어맞은 쪽은 까무러치는 게 정상이다.

하지만 박지철은 고통스러워하면서도 쓰러지진 않았다.

"너 뭐, 뭔데 이 지랄이야?"

"제법 맷집이 있네."

"이런 개새끼가!"

박지철이 전율의 얼굴에 주먹을 날렸다.

그러나 전율이 그런 느린 공격에 얻어맞을 리 만무했다.

턱!

박지철의 주먹은 전율의 손에 가로막혔다.

"괜히 몸부림치지 말고 조용한 곳에서 얘기 좀 하……."

전율이 박지철에게 말을 건네는 도중, 갑자기 박지철의 눈에서 초록빛이 일었다.

다음 순간.

파지직!

"음?!"

그의 전신에서 아찔한 전류가 흘러나오며 스파크가 튀었다.

전율의 몸으로 전이된 전기가 전신으로 퍼져 나갔다.

박지철은 몸을 간질병 환자처럼 떨며 널브러질 전율의 모습을 기대했다.

하지만 전율은 아무런 타격도 입지 않고 멀쩡히 서 있었다.

"뭐, 뭐야?"

당황한 박지철의 눈이 커졌다.

강철수를 마신 데다가 오러의 랭크가 5까지 오른 전율이었다.

그 정도의 전격 공격 따위가 큰 대미지를 줄 순 없었다. 그저 전신이 조금 따가운 정도였다.

전율이 씩 웃었다.

"역시 사람 아니네."

"이익!"

박지철이 전보다 더 강력한 전기를 내보내려 했다.

하나, 그보다 전율이 빨랐다.

빠악!

"……!"

매서운 주먹이 박지철의 턱에 꽂혔다.

박지철은 그대로 정신을 잃었다.

＊　　　　＊　　　　＊

"으으……."

욱씬거리는 턱의 통증을 느끼며 박지철이 눈을 떴다.

그리고 당황했다.

그는 이름 모를 숲 속 거대한 나무 기둥에 밧줄로 꽁꽁 묶여 있었다.

"…어?"

"정신이 드냐."

박지철의 앞으로 전율이 다가와 쪼그려 앉았다.

그 얼굴을 보자 박지철의 가슴속에서 화가 확 치밀어 올랐다.

"이게 뭐하는 짓이야, 이 새끼야!"

"닥치고. 지금부터 난 너한테 궁금한 걸 물을 거야. 그리고 네가 대답을 제대로 안 할 때마다 손가락을 하나씩 부러뜨릴 거다. 손가락이 다 부러진 다음엔 발가락을, 그다음엔 사지의 뼈를 조각낼 거다. 그래도 개기면 차마 입으로 꺼내기 힘든 물건을 아작 낼 거야. 마지막까지 개소리만 지껄인다면? 그땐 목을 꺾어야지."

"미친 새끼!"

"이런 식으로 개겨도."

전율이 박지철의 오른쪽 새끼손가락을 잡았다.

"어… 어어?"

"부러뜨린다."

빠각!

"으아아악!"

박지철이 고통에 찬 비명을 질렀다.

그의 새끼손가락이 손등에 닿을 정도로 꺾여 있었다.

전율은 박지철의 뺨을 후렸다.

짜악!

박지철은 쇳덩이에 얻어맞은 충격을 받고서 정신이 멍했다.

"비명을 지르면 바로 싸대기 맞는다."

전율이 박지철의 오른쪽 약지를 잡았다.

박지철의 몸이 파르르 떨려왔다.

비로소 전율에게 공포를 느끼기 시작한 것이다.

"그럼 묻는다. 너 지구인이냐."

"너, 너야말로 정체가 뭐야!"

"내가 원한 대답이 아니다."

전율은 약지도 새끼손가락처럼 꺾었다.

빠각!

"아아아악!"

짜악!

"큭!"

"비명 지르면 맞는댔다. 다시 묻지. 너, 지구인이냐."

질문을 하며 전율이 박지철의 중지를 움켜쥐었다.

"보, 보면 모르냐."

"학습 능력이 없는 녀석이군."

빠각! 빡! 콰득!

전율이 남은 손가락 세 개를 연달아 꺾었다.

박지철은 다섯 손가락 모두가 손등에 닿아 있는 기괴한 모양을 보고 고통과 분노, 공포가 뒤섞여 비명을 질렀다.

"끄아아!"

짜악! 짝! 짜아악!

그러자 전율이 연달아 박지철의 뺨을 후렸다.

"끄으… 으으읍!"

박지철은 곧 혼절할 듯 흐려지는 정신을 겨우 수습하며 입을 다물었다.

"이제 왼손이다."

전율은 박지철의 왼손 새끼손가락을 쥐었다.

"너, 지구인이냐?"

박지철이 넋 나간 사람처럼 풀려 버린 얼굴로 고개를 절레절레 저었다.

"그럼 어디서 왔지?"

"모, 모라텐 행성……."

역시 외계 종족이었군, 전율은 생각했다.

"외계 종족치고는 그다지 강하다는 생각이 들지 않는군."

박지철이 의아한 시선을 전율에게 던졌다.

그는 마치 외계 종족을 만나봤다는 듯이 얘기하고 있었다.

'말도 안 돼.'

박지철은 지구인들의 수준을 잘 알고 있다.

그들은 아직 외계 종족의 유무에 대해서도 확실히 알지 못한 채 많은 갑론을박을 펼치는 중이었다.

한데 그런 와중 현대의 지구인이 외계인과 조우했다는 건 어불성설이었다.

"네 본래 이름은?"

"아리온."

"아리온. 그래, 아리온에게 다시 묻지. 모라텐 행성에서 지구에 온 이유가 뭐냐."

박지철이라는 가상의 인간으로 살아온 아리온이 아랫입술을 꽉 깨물고서는 겨우 대답했다.

"저, 정찰……."

"정찰? 무엇을 위한?"

"이 행성의 종족들이 얼마나 강한지… 더 강해지기 전에 공격하지 않으면 골치 아파질 종족들인지……."

말을 하던 아리온의 눈이 풀렸다. 동시에 고개가 뒤로 넘어가려 했다.

짝!

전율이 그의 뺨을 다시 때렸다.

충격에 눈을 뜬 아리온이 머리를 개처럼 털었다.

"더 강해지기 전에 공격을 하다니? 무슨 이유에서? 행성의 종족들이 강해지는 게 우주의 누군가에게 위협이 된다는 거냐?"

아리온이 힘없이 고개를 저으며 답했다.

"유희… 그분은 그저 유희를 즐길 뿐……."

"유희? 고작 그런 이유 때문에 행성을 정찰하고 파괴시킨다고?"

아리온이 이번엔 고개를 끄덕였다.

전율은 이해할 수가 없었다.

단순히 유희 때문에 행성을 감시하고 파괴한다?

답이 안 나오는 바보 같은 생각이다.

이 행위를 저지르는 작자는 유희라는 것으로 자신의 진짜 목적을 감추고 있는 것이다.

전율이 다시 물었다.

"전 우주 각 행성에 너와 같은 명령을 받고 정찰 요원으로 간 녀석들이 더 있나?"

"거의 모든 행성에 전부……."

"너희한테 그런 명령을 내린 자가 누구냐."

아리온은 차마 그 질문엔 바로 대답하지 못했다.

마치 그 사람의 이름을 입에 올리는 것 자체가 큰 죄를 저지르는 것이라 느끼는 듯했다.

하지만 아리온에게 망설임은 사치였다.

전율은 그런 여유를 허락하지 않았다.

빠각!

그의 왼쪽 새끼손가락이 손등에 닿았다.

"흐읍!"

아리온이 튀어나오려는 비명을 가까스로 참았다.

"말해. 누구냐. 널 여기 보낸 이가 누구야."

아리온은 사무치는 고통에 가쁜 호흡을 내뱉다가 겨우 대답했다.

"데… 데모니아 님."

『리턴 레이드 헌터』 5권에 계속…

FUSION FANTASTIC STORY

말리브해적 장편소설

MLB
메이저리그

유료독자 누적 1200만!

행복해지고 싶은 이들을 위한 동화 같은 소설.

『MLB-메이저리그』

100마일의 강속구를 던지는
메이저리그의 전설적인 괴짜 투수 강삼열.
그가 펼치는 뜨거운 도전과 아름다운 이야기!
승리를 위해 외치는 소리—

"파워업!"

그라운드에 파워업이 울려 퍼질 때,

전설이 시작된다!

Book Publishing CHUNGEORAM

운행이 아닌 자유추구~
WWW.chungeoram.com

이경영 판타지 장편소설

FANTASY FRONTIER SPIRIT

그라니트

용들의 땅

GRANITE

사고로 위장된 사건에 의해 동료를 모두 잃고 서로를 만나게 된 '치프'와 '데스디아'.
사건의 이면에 상식을 벗어난 음모가 있음을 알게 된 둘은
동료들의 죽음을 가슴에 새긴 채 각자의 고향으로 돌아간다.
2년 후, 뜻하지 않게 다시 만난 두 사람은 동료들의 복수를 위해
개척용역회사 '그라니트 용역'을 설립해 다시금 그 땅을 찾게 되는데……

용들이 지배하는 땅 그라니트!
그곳에서 펼쳐지는 고대로부터 이어지는 운명적 만남,
깊어지는 오해, 그리고 채워지는 상처.

『가즈 나이트』시리즈 이경영 작가의 미래형 판타지 신작!

Book Publishing CHUNGEORAM

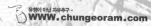

유행이 아닌 자유추구 -
WWW.chungeoram.com